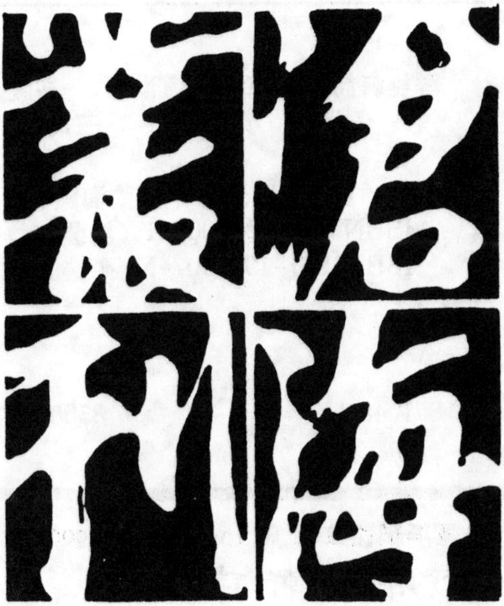

醉樵軒詩詞吟草

楊道淮 著

東大圖書公司 印行

國立中央圖書館出版品預行編目資料

醉樵軒詩詞吟草／楊道淮著.--初版.
--臺北市：東大發行：三民總經
銷，民85
面；　公分.--(滄海叢刊)
ISBN 957-19-2006-1（精裝）
ISBN 957-19-2007-X（平裝）

851.486　　　85009709

國際網路位址　http://sanmin.com.tw

著作人　楊道淮
發行人　劉仲文
著作財產權人　東大圖書股份有限公司
臺北市復興北路三八六號
發行所　東大圖書股份有限公司
地　址／臺北市復興北路三八六號
郵　撥／〇一〇七一七五──〇號
印刷所　東大圖書股份有限公司
總經銷　三民書局股份有限公司
門市部　復北店／臺北市復興北路三八六號
重南店／臺北市重慶南路一段六十一號
初　版　中華民國八十五年十月

編　號　E 85351①
基本定價　肆　元
行政院新聞局登記證局版臺業字第〇一九七號

ISBN 957-19-2006-1（精裝）

自序

我不是詩人，只不過從小愛讀詩詞，後來，身逢戰亂，時有家國之思，便寄託於吟哦，效顰學步而已。

我的詩詞，多為抒懷記事的即興之作，偶有東坡拄杖聽江聲的閑逸，但不會忘情的沈醉於僧敲月下門的推敲境界，更不會有驢背行吟的痴著。所以，遣詞韻律，並不講求嚴謹。

我的詩詞，當然不是此道的經典，也不是記述、反映時代現實的詩史，只是個人閱歷的雪泥鴻爪，供一己低徊回味而已。這樣一本既無學術價值又無市場價值的詩詞，能夠出版印行，第一個該感謝的，是劉振強兄，他是完全基于風義、友誼，才允為編印的，另外，我得感謝小友星洲的羅雄田碩士，因為他的催促、鼓勵，才使我積極蒐羅、抽暇整理，完成了草編初稿，再託付　劉董的，謹於書首，向二位申謝。

另外，我得謝謝三子德睿，在他結婚及赴英讀書前的百忙中，為我這本詩詞集作了全盤的影印、整理和校訂，所以也該謝謝他。

中華民國八十五年四月於淡水松柏別墅

合肥楊道淮

醉樵軒詩詞吟草（附聯選）

诗

題醉樵軒

折得蟾宮桂，沽來玉液漿。撰詩權作肴，醉後石為床。

民國三十四年

題畫樵

涉盡千山壑，歸荷五嶽薪。肩常擔日月，晨夕伴乾坤。

民國三十四年

江邊晚眺

暮色凝江岸，砧聲向晚敲。遠山夕照裡，蒼翠愈增嬌。

三十五年於鳩江

詠枯桃花

造物實非仁，負卿一季春。妒花風雨酷，孰作護花人？

三十五年於鳳陽

詠月季花

三十六年於鳳陽

色紅意艷惜無香，辜負多情慰客腸。已卜芳心許蝴蝶，無如蝴蝶愛鄰芳。

別虞橋懷古

三十六年秋

其一

垓下歌聲泣鬼神，八千子弟盡離心。大王不戀江東地，怎會當時別美人！

其二

大王氣盡妾何生，此語凛然萬古欽。慷慨帳中橫劍死，千秋愧煞息夫人。

旅京襍雜詠

三十五年於南京

推牕問月在誰家，兩岸重樓鎖碧霞。畫舫依然浮濁水，伊誰輕唱後庭花。

步月感賦

三十五年於蚌埠

頻年潦倒逐風塵，常把詩文伴此身。秋至怕看楓葉老，春歸悲弔百花魂。淚寒客枕思親夢，腸斷關山游子心。獨向短牕低問月，何時與汝共騰明？

滁金車中口占

三十六年

禾綠膏田水滿川，村莊兒女笑耘田。祇知北地風煙熾，誰識南來別有天。戰馬有閑眠竟日，將軍無計度長年。萬方烽火今為最，此處堪稱安樂園。

送別六安董其昌

芳草天涯綠，征人惜別離。臨行頻致語，音問勿遲遲。

三十六年于古鍾離

雙十節

雖非異族亦亡華，萬姓奔逃似永嘉。欲哭秦廷何處是，嶺南塞北遍悲笳。

三十八年于海南

望月

眉月新描酷似弓，孤舟獨眺歎飄蓬。海潮怎比心潮烈，今夜鄉心幾處同。

三十九年於華陽艦馬公

夢迴

荒島不聞雞犬吠，夜深惟聽激濤聲。三更啼醒還家夢，耳際猶留慈母音！

三十九年於華陽艦

醉醒自嘲

顛倒乾坤裏，昏沈宇宙間。酒前無抑鬱，醉後似神仙。

三十九年五月十五日在克明家

試場內

三十九年九月六日

烽火連天十四年，讀書無日獲安閑。兵荒馬亂師資少，授課誰將理化先。

學淺原非故怨天，吾生不幸謫中原。流離顛沛無寧日，錦繡英年付劫煙。

禁閉室

三十九年十月十六日

雖聞號角不心慌，豈怕點名不到堂。吃飯自有人送到，鐵窗風味吾初嚐。

國安、王碧霞訂婚詩

三十九年十月二十二日

國治宜從家室先，鸞安鳳穩慶華筵。香攏碧鎖銷金帳，一抹綺霞見鵲仙。

一縷紅絲月老牽，八千里外結良緣。百年鴛諜今傳後，羨煞牛郎織女仙。

三十九年除夕步廣林原玉

祇解恩仇不解愁，何來綺夢到紅樓。今生不快磨刀願，此臉安能入九幽。荊棘銅駝懷故國，旌旗鐵馬耀神洲。炎黃勝有嶙峋骨，不把江山換黑頭。

題表妹照片

日日問卿卿不語，朝朝苦對影中人。悽悽飄渺會真夢，款款凌波洛水神。莫道無香且無色，須知有愛即有情。但看口角輕盈笑，一縷相思淚幾痕。

四十一年八月二十日

無題

薄酒難禁料峭風，擁衾坐對月簾櫳。倚窗諦視伊人影，腸斷離天別恨中。

入伍車中口占

四十二年八月二十六日

澎湃奔騰萬頃波，憑窗極目恨如何。於今要學孫吳略，不把光陰硯裡磨。

四十二年十二月

讀張冠武表叔詩

一

讀詩想見作詩人，一片丹心萬縷情。詩最溫柔情最熱，匡時壯志託新聲。

二

曾誇佳句邁前人，淪落憑誰寄愫情。我亦瓊林吟詠客，祇緣飄泊乏新聲。

步　立民原詠

生平無夢到王侯，欲為元元借一籌。腹有乾坤自心壯，胸藏經史氣須柔。但教幸福與人享，何必功名為己謀。天下英雄能識此，世間那復怨沈浮。

觀「一江山」話劇　四十四年乙未春正

其一

壯哉一江山，巍巍東海間。成仁存漢節，浩氣溢人寰。

其二

八百男兒血，丹青萬古存。何時梟賊首，倚馬弔忠魂。

春日有感

乙未二月

國破家亡樂未休，陽明春色碧潭舟。曲闌游倦人歸後，記否猶須復九州。

（註）兼旬以來，陽明山櫻花如錦，遊人絡繹于途，而碧潭之泛舟盛況亦不遜平日。足見行都人士春興方濃，因憶南宋詩人謝君澤題西湖之詩，與吾今日正有同感，乃以謝公原韻，成絕句一章。

（按）謝公原詩為：

杜鵑呼我我歸休，陸有輕車水有舟。笑煞西湖湖上客，醉生夢死戀杭州。

無題

其一

七年離亂客天涯，未向朱樓覓麗娃。自遇名姝花解語，痴魂夜夜夢裙釵。

其二

書劍飄零已七年，未將姓字註情天。東君若有憐儂意，勿使痴魂夜夜顛。

春暮

乙未閏三月

誰將鐵鎖固情天，廿四番風春可憐。遊屐未沾芳草澤，又驚飛絮撲簷前。

往事

幾回傷別復傷春，大海萍飄一葉身。已分痴心今絕賞，無端又遇解情人！

深情款款暗中傳，常自無言夕照邊。咫尺天涯人未遠，思量近祇在心前。

七年身世似蓬飛，回首鄉關空淚垂。縱使蓬萊春正好，也應無計不思歸。

自將作繭似春蠶，無補時艱空自慚。事業少年皆不遂，堂堂白日去何堪。

數年心迹訴卿卿，除卻巫山不繫情。白水從今矢素志，他年滄海證心盟。

情自纏綿意自痴，迢迢往事繫人思。傷心日記皆吟稿，一句詩成淚一卮。

賀 石君獲 雅珠來信 乙未秋

一封錦字似丹詔，萬恨千愁自此消。博得玉人懷念語，個郎此日是天驕。

休恨雲山萬里遙，勤將心字寄阿嬌。明年重七天孫會，人世雙仙渡雀橋。

遊碧潭感賦寄 京定 丙申孟秋

地老天荒此願賒，人間何處有芳華。從今洗淨江郎筆，不咏春風得意花。

過眼春光太可憐，後湖明月碧潭煙。兩般俱是傷心地，不羨鴛鴦祇羨仙。

天涯鴻雁一聲秋，驚散煙花逐水流。得意王孫休笑我，步兵嗜酒為澆愁。

滿潭煙雨泛孤舟，不為怡情卻為愁。別有一番滋味苦，背人彈淚看紅樓。

惆悵情天夢不成，傷心愧我未成名。三生石既虛前約，應悔書傳織錦盟。

題照片

丙申秋

影中人是意中人，脈脈拈花若有情。錦字惟遺心上痛，良緣只合夢中尋。明珠香草年年淚，碧海青天夜夜心。寂寞詩魂憔悴甚，問卿何以慰痴生？

訪左學美兄歸途口占

行都判袂忽經年，小晤匆匆一日還。把臂共談天下事，滿腔悲憤欲呼天。

送別周起昌赴美留學

已無豪氣欲長征，落拓誰憐屈子平。剩有倚天孤劍在，贈君跨海斬奇鯨。

國是徵文獲獎

未曾海內振英名，先喜文章達九宸。蒿目蜩螗天下事，蒼生翹首待斯人。

（註）民國四十五年十月三十一日為總統　蔣公七秩華誕，　蔣公昭告國人，以六事求言，由夫人主持之婦聯會乃在報端徵文，限以六項昭示為內容，明言獲選佳作將彙呈　總統親閱，余以「當前國是之我見」一文應之，榜發，以亞魁入選，欣喜之餘，乃占一絕以記之。

偶感三首

惆悵情天夢未成，三生石上豈無名。天涯浪迹知音少，一覺春婆淚滿睛。

大器從來應晚成，廿年海內振英名。會當盛世風雲際，譽滿乾坤勛滿襟。

展翅衝霄一點紅，黑頭豈歎霸圖空。金甌殘缺英雄業，隻手須將九域同。

弔枯玫瑰

四十六年丁酉春末

憔悴東風不勝春，一枝零落竟成塵。世間多少憐香客，誰向卿前弔一聲。

掩面無言淚欲傾，憐卿命薄墮風塵。美人襟上騷人案，粧點他人一點春。

鄉居二首

丁酉夏

一枕清涼雨後天，也無塵慮到燈前。爐香飄渺人如夢，到此非仙已是仙。

為愛朝暉不敢眠，荒徑信步樂陶然。真擬橫笛橋頭唱，為怕鄉農笑我閑。

昨夜

四十六年八月十二日

恨霧愁雲一霎開，人間天上費疑猜。相思此夕成真個，仙子瑤臺月下來。

感激玉人恩似山，痴生何以報紅顏。從今立志成功業，莫把光陰付等閑。

絕世風儀絕世資，庸脂俗粉自雲泥。而今刎頸了無憾，為報知音死亦痴。

佳人只合月中求，膽識風標第一流。今世縱難償夙願，他生應卜鳳凰儔。

餞別　崔克正兄感賦

丁酉秋九月

為君把餞會賓樓，滿腹辛酸淚欲流。非是沾巾兒女態，從今耿介更誰求。

盃酒為君祝小遷，三年肝膽感相看。大江滔盡英雄淚，未聽驪歌已惘然。

重遊日月潭三詠

四十七年五月二日

無題

山高子夜有輕寒，一襲羅裳應覺單。慢弄橋牌嬌可掬，倚斜慵態惹人看。

潭畔

明潭風月仍當年，湖畔清歌若眼前。往事已隨流水去，空留寂寞在人間。

分別

無限依依再見中，今宵離夢與誰同。願君記取偕遊伴，莫似車塵落晚風。

贈別何孫康君之日本

丈夫惜別不沾巾，把盞為君祝遠行。劍氣摩空須返斾，與君跨海定神京。

送別　姚君立民之南洋

四十八年

天涯又送故人行！回首中原淚欲傾。劍氣橫空期返斾，與君攜手定神京。

步　立民海外懷我之詩原韻

俗吏詩神久不侵，求衣覓食勝綸音。蒐腸煮字為營利，無復當年琢句心。

感事寄　立民　庚子季夏

前程往事兩茫茫，積憤難消託杜康。能否衣冠歸上國？滿城歌舞憶南唐。

老去英雄戀寶刀，妄將奴弁作皋陶。指驢為馬尋常事，朱紫滿街俱趙高。

和　越川、立民　明妃辭原韻

琵琶聲塞淚如潮，路絕雲天歸夢遙。日暮漢宮羽扇舞，君王那復問征招。

答　立民見贈

胸無才調怕聽琴，太息髫年錦繡心。飄泊江郎才已盡，高明我愧作知音。

代　熊飛兄作和某女史

樂聲響處影朦朧，腳底蓮花朵朵紅。最是令人心醉處，朱唇微啟意無窮。

舞影婆娑憶北投，曩時歡笑此時愁。恨無彩鳳穿雲翼，飛向佳人碧玉樓。

甲辰春社

五十三年三月二十日

社雨霏霏社酒紅，一盃聊以奠東風。華胥夢短朝廷小，何必趦趄學鄧公。

送楊技能兄之高雄市任所

五十三年六月二十五日于仁社

仁社為君奉別觴，青雲有路任翱翔。九嶷山下諸侯帥，韓信當年執戟郎。

送子光之日本

五十三年十二月二十八日于臺北市健樂園

已嫌同學少，今又送君行。游子天涯夢，關山戎馬情。此去須珍重，東瀛少故人。王師西定日，並轡掃煙塵。

甲辰年除夕

年年皆免情，何日作龍吟？．蒿目天將曙，依依鄉夢頻。

贈　高國仰兄

五十五年十一月十七日

青樓何處有知音，辜負蕭郎錦繡心。金色年華空逝也，而今再拾少年行。

賀　楊新白處長壽

五十五年十月十一日

不負能名重四方，人和政績兩輝煌。仲秋自古多高壽，花甲將臻晉桂觴。廣廈千坪敷厚澤，銀濤萬疊湧錢塘。三臺父老稱明德，棠棣長榮姓字香。

有贈

五十六年元月二十四日

思卿日日九迴腸，一見芳姿竟不忘。豈是姻緣前世定，為卿憔悴為卿狂。

賞曇

五十六年六月九日，夏曆五月初二

品色人間第一流，冰清玉潔孰與儔。堪誇絕代風標格，祇合深宵雨後求。

（註）丁未仲夏與山右王子秀兄同在李樹椿兄永和寓中觀賞曇花，即席口占一絕。返寓後，久不成寐，更賦五言絕句四章。

㈠

一見驚殊色，果然絕世姿。冰肌人共賞，何必著胭脂。

(二)

非是多情種，珍容久繫思。中宵人不寐，把酒對芳姿。

(三)

有色緣無色，無香勝有香。百年皆過客，一霎悟黃粱。

(四)

方覩含苞放，凋零夜未央。大千真逆旅，一現見無常。

觀劇感賦

末路英雄事可哀，美人名馬費安排，龍爭虎鬥緣何故，都道天生命世才。

（註）丁未仲春（五十六年三月二十一日，夏曆二月十一日）觀徐露女士與孫元坡君合演「別

姬」一劇，頗多感慨，歸途口占一絕。

逸村飲罷感賦

讀罷桃花扇底詩，殘棋將盡欲何之？秦淮有夢宜頻到，莫負人間酒一巵。

五十四年七月十七日

戲墨

華夏多嬌女，巍然域外紅。金風傳捷報，故國再相逢。

五十六年八月二十八日

（註）報載谷正綱先生過南洋，宴中當地某女市長，即席贈谷氏五言絕句一章，余戲就原韻，代和一章，蓋谷氏未有答也。

有贈

玉潔冰清質，玲瓏錦繡心。如何遭物妒，零落墮風塵。

五十七年五月

有憶

婷婷嬝嬝復娟娟，冥想芳容夢亦顛。苟得花間常攜手，此生應不羨神仙。

五十七年五月三日

即席

雙瞳底事淚盈盈，帶雨梨花急煞人。幾度問卿堅不吐，蕭郎空有愛憐心。

五十七年五月十三日

賀際公局長伯公副局長榮任周年

五十七年七月一日

不負能名重四方，一年政績果輝煌。容園嘉會申衷慶，駿業勳猷共舉觴。

（註）際公局長、伯公副局長榮任周年設席于新店容石園花園酒店召宴全體主管同仁，即席賦呈七絕一章。

賀　際公局長嵩壽

五十七年

一生一代一雙人，（卷二，畫堂春句）天壽山頭皓月橫。（卷五，采桑子句）猶記當年軍壘迹，（卷五，浣溪沙句）名高有錫更誰爭。（卷五，憶江南句）

（註）集清初詞人納蘭性德詞句。

示庸兒勉幼稚園畢業

未識人生味，初冠學士冠。讀書何所事，明理最當先。

容石園記遊

五十八年七夕之翌夜

黃昏攜手石園遊，人面如花月似鈎，唇綻蘭芬腰賽柳，梨渦蓮暈最忘憂。

贈

五十八年七月既望

倩女莫教悲逝水，秋娘最怕折空枝。人生得意須行樂，勿負青春酒滿卮。

有感

五十九年季夏

六代風騷何處尋，滿山紅袖可憐生。頻年浪得煙花債，九死難消薄倖名。一曲琵琶悲謫宦，二分明月悼詩僧。江南紅雨三春老，海上青衫欲斷魂。

辛亥元夜感懷

又是元宵節，依然客裡過。中心牽骨肉，淚眼望山河。大陸幾時復，仰天一放歌。蓬萊燈似錦，故國血痕多。

與李、黃諸兄酒後賦答

陽曆七月二日，辛亥閏五月初十

蓬瀛終不是吾家，國步阽危亂若蔴。投老書生悲壯志，移將豪氣寄名花。

六十二年十月既望

有贈

神仙眷屬定堪誇，溷逐塵泥事可嗟。今世他生緣待續，願卿記取
白梅花。

普寧天廬先生雙壽

崢嶸才氣普寧賢，天地皆春享大年。諤諤報壇尊健筆，諍諍議席
著雄篇。帨弧同設詩人贊，極婺齊輝右老聯。福慧雙修多士仰，
蓬萊山擁並頭蓮。

社日飲後述懷，書贈　衛民君

乙卯年四月

六代風騷何處尋？滿山紅袖可憐生。十年浪得煙花債，九死難銷
薄倖名。

虎山對月

六十四年八月二十四日；乙卯年巧月十八日

又見朦朧月，依稀三竺時。卅年空逝去，何日酹歸卮。

細賞山間月，悲歡信有時。今番共把盞，何日再傳卮。

姓字無緣罩碧紗，何如林下嘯煙霞。一壺濁酒迎知好，更有盧仝
七盌茶。

疊翠青巒碧似紗，淙淙溪水伴雲霞。晚來露拂行人面，解醉何如
陸羽茶。

蔡鼎新先生贈詩

英雄遲暮任何鄉，豪語真堪晉一觴，得意秋闈金榜客，唯心同命秘書郎。頗憂蚓字難藏拙，自笑詩才老更狂。傾蓋不妨今夕醉，茲生久已困殊方。

答蔡鼎新先生贈詩

六十五年元月十五日，乙卯年臘月之望

英雄遲暮任何鄉，紅袖親斟碧玉觴。應否青燈攻墳典，那堪白首尚為郎。最欽豫讓瀏陽健，亦喜嗣宗杜牧狂。霸世文章留覆甕，遺懷詩酒是良方。

（註）小飲傾談、蒙錫佳章，敬和原玉一律，乞　笑正之。

民國六十四年乙卯年冬

詠盆蘭(一)

繾綣情懷若即離，衷懷欲訴復踟躕。樽前曾記初相識，一縷柔情別後知。

詠盆蘭(二)

幾回如醉又如痴，憔悴為誰悵別時。明月半窗人獨立，蕭然何處寄相思。

詠盆蘭(三)

風儀端的美人行，似有幽香潤我腸。縱爾丹青難下筆，宜濃宜淡費思量。

詠盆蘭(四)

靈根不合鑵中栽，許是天教伴我來。說劍且欣花解語，詩懷自此為卿開。

詠盆蘭(五)

秋雲春樹奈何天，絮果蘭因亦杳然。知己紅顏疑不再，酒痕詩淚夢魂邊。

壽　陸局長五十

五雲獻瑞，五福呈祥。東瀛添歲，南極輝長。如岡如阜，爾熾爾昌，槃才楙業，以潤以康。

(註)中華民國六十五年七月十五日，即夏正丙辰年荷月十九日，為本局局長　陸公潤康先生

五秩覽揆令旦，同仁等原擬恭奉桃觴，稍申祝嘏之忱，乃　先生以時際艱難，不允稱慶，惟同仁等，咸以　先生蒞任兩年以來，踐履篤實，績效宏張，藎謀丕著，闔局蒙庥，不能無所崇報。且　先生之為人也，宅心仁厚，和易近人，鐵肩道義，坦蕩襟懷，蓋　先生之才不世出，而其懷抱，亦有不可及者。際此嘉辰，奉斯錦冊，敬謹簽名致祝，並頌之以辭云。

六十五年六月二十四日

賀涂三遷弟臺結婚

三生石上好姻緣，比翼雙棲並蒂蓮。遷谷登喬鸞鳳侶，相莊舉案勝前賢。

贈湘華

今日此門未了情，重來崔護異前人。芳心已綰誰家樹，隔岸低徊檻外身。

贈江雲

丁巳臘月初十

歲序環循總若斯，一年容易弔花時。名山勝處開粧閣，足遍東南盡故知。風款款，柳依依，低徊往事笑人痴。落紅勿附東流水，化作香泥護舊枝。

（註）歌者江雲（有金門美人雅號）南洋作秀歸來，卜居天母感而賦此。

贈張惠珍于愛迪酒廊

六十七年七月二十六日

無端初見似重逢，夢斷巫山十二峰。莫道他年重聚首，落紅如雨怨東風。

聆　薛家椽局長為　張部長繼正之簡報有感

一九七八年七月一日

弱幹強枝議，余論十年前。而今方上達，人世幾神仙。

贈水仙

八月二十七日

簾外風來淡淡香，不紅不綠但微黃。勿同花卉爭顏色，要與梅花較短長。

鯤南紅豆最相思，杜牧揚州夢醒時。知我定難銷艷福，詩人自古最情痴。

六十七年戊午仲夏

贈　李淑君小姐

細雨薰香五月時，明燈盥手贈卿詩。臺員柳色青如許，珍重華年賦折枝。

登高雄市統一大廈

美人含笑立蒼溟，一片悠揚奏樂聲。主祕童心猶未泯，翻身欲上最高層。

戲改放翁詩以自況

六十七年十月二十一日

少小離家老未回，何能為國戍輪臺。夜深臥聽風和雨，鐵馬冰河入夢來。

戲改宋祁詩以自遣

半生每憾歡愉少，壯志難酬人慚老。與君把酒酌斜陽，且向花前留落照。

聞謝坤祥兄引退　六十七年戊午

有志西天求佛法，何圖蕭寺伴青燈。參禪豈僅為方丈，卅載依然一妄僧。

故人贈詩有感

少小崢嶸薄有名，而今淺酌遣浮生。蕪詞自度留佳話，禿筆他年著正聲。誤信高人輕學歷，豈知朝士重文憑。到頭笑指文章罵，壞我前程是此君。

李憶平初演「祭江」　六十八年八月

雛鳳初鳴韻最嬌，啼猿唳鶴洞庭簫。二妃泣盡瀟湘淚，太息人間阻雀橋。

「紅樓二尤」觀後　六十八年九月

誰言弱質是紅粧，慷慨悲歌劍下亡。秋雨秋風無限恨，胭脂井畔土留香。

己未秋林口健行

炎炎烈日探林園，電視歌聲漫果田。十里薰風紓襟抱，紅雲一抹是中原。

庚申冬小病

六十九年十一月

李杜晚年潦倒甚，辛韓老去諱談兵。星霜換盡樽前友，不見秦樓舊館人。
青雲路已負心期，寄我豪情尚有詩。革命壯懷徒笑柄，杜娘警句早知幾。

賦贈姚潤身君

自古從無不散筵，窮通起伏各有緣。留將詩稿輕輕拂，杯酒丹心讀太玄。

（註）日昨高市小晤，把臂當筵，推盃呼酒，彷彿少年時矣，歸而感慨占七絕一章，藉留爪迹。

遊日本詩四首

㈠過豐橋（新幹線車中）

風馳電掣過豐橋，可是櫻花第幾橋？試想曼殊詩內句，此娘可比那孃嬌。

㈡明治天皇神宮

十一月五日

綠樹濃蔭噪暮鴉，中天帝業宴宮車。鳥居立木驚人巨，此物相傳自漢家。

㈢九州別府

九州別府溫柔地，漢代衣裳今尚存。地獄滿街非冥府，奇泉奇域賦奇名。

(四)謁法隆寺

十一月三日

石獸松蔭拜法隆，炎黃文物此間逢。法傳三島思源本，聖德當為百代崇。

觀戲論史

楊氏何曾禍有唐，文恬武嬉壞朝綱。馬嵬淚即長門雨，一樣宰情異帝王。

夜懷

七十年五月

賓朋星散幾經秋，梅雨攜愁上七樓。涉世知非才士福，夜深獨飲憶前遊。

（註）辛酉初夏，梅雨兼旬，四月之晦，攜友登昔日常來之八〇六室，夜深獨酌，對景懷人，立成一絕，并柬諸舊。

感懷㈠

七十年七月

無多心力獻傾城，福薄何須怨鬼神。今古才人同一命，從來美夢總難真。

感懷㈡

一度相思一度痴，雙棲早識願終稀。美人格調才人筆，事到難言合有詩。

感懷㈢

蓬島今如隔萬重，啼紅泣翠怨東風。相思而後知難遣，唯有宵來一夢逢。

（註）先後與張、唐、李三人傾談，感觸良多，成詩三首。

賀　憶平初演雙槐樹

七十年八月二日

錦棠今夜最開顏，畢竟佳人美亦賢。從此侯門珍且貴，新星一代耀梨園。

酒中賦贈某女史

曾聞俠女出風塵，蕙質蘭姿玉為魂。寄語東皇時拂護，先題紅葉待知音。

無題

七十年辛酉杏月

影中麗質夢中花，自寫新詞欲寄她。紅豆偷吟思渺渺，奈何咫尺若天涯。

歡迎朱芳蕙

辛酉小陽月初七

仙禽昨夜笑顏開，為道姮娥月殿來。一抹彩虹隨日去，果然玉女下瑤臺。

賀朱芳蕙榮膺國劇新人榜首

二十年來誰作首，朱家才女占鰲頭。梨園競藝千家羨，功業當擬百里侯。

白娘嫵媚小青嬌，愛煞峨嵋一對妖。借傘遊湖原雅事，誰知俗子竟魂銷。

靜之亭新落成

七十年辛酉嘉平

張蓋成蔭闢草萊，壽園今又起樓臺。雞群有鶴衝雲去，海上鯪鯉逆浪來。盛世何當尊識力，河山無恙仗循才。登臨若問新朝史，芝棘龍蛇一例栽。

優孟衣冠學老萊，如今那有燕王臺，且將白髮飄然去，又見黔顱躍躍來，大帝勛華依眾力，江山重整仗賢才，海中度朔桃千樹，何日恩蒙月裡栽。

靜之亭頌

年來假日每登山，山在東郊榛莽間。間有靜之亭一座，座中人物似神仙。

憶如皋 張宜玲

七十一年四月

驅車向晚出都門，難得名花侑一樽。同是異鄉淪落客，為君憔悴亦憐君。

無題

七十一年九月 五十五歲生日

中酒情懷多繾綣，惱人綺夢悵全非。雄心已向江湖老！醉眼橫看燕雀飛。

驚悉靖侄夭折

七十一年十月二十四日

萬里家書入眼驚，亂離骨肉最關情。莫非白玉樓中客，小謫人間十四春。

午夢

七十一年壬戌秋節翌日

午夢依稀到故鄉，英雄垂老過濠梁。祇餘詩酒舒清嘯，欲為人間留耿光。

「普門」信女

壬戌臘八

二十年來拜佛堂，朝朝暮暮一爐香。女伴俱隨「王子」去，獨留素面守空房。

電影「假如我是真的」觀後

七十一年壬戌十一月

將門虎子古今同，才俊多由有父兄。莫道公侯無種脈，天家舅甥俱人龍。

無題

七十二年癸亥

一瞥驚鴻影，相逢似夢中。廣寒身未到，分手太匆匆。

謝　黃縣長石城遠贈葡萄

彰化盈盈果，河陽處處花。甘棠仁澤在，千古話桑麻。

謝 裔瘦漁兄贈酒

萬象趨殘夜，偶嗟宧海浮。故人情意重，惠我玉屠蘇。

與延年兄話舊

三十三年落花夢，東瀛有客記龍爭。中原失鹿誰為者，五四當年是禍根。

（註）延年兄歸自日本，小酌後縱談故舊，歸後賦此詩記之。

贈 王齡蘭小姐

杜曲村前花似火，春風桃李送華年。崔郎莫訝尋芳晚，遇合分攜各有緣。

（註）甲子年杏月上浣，觀王齡蘭藝友演出荀派名劇「人面桃花」，賦此詩以贈。

賀　陸公陞任部長

七十三年五月二十一日

相業當期救倒懸，民生吏治最為先。陸公睿眼知時變，風雨雞鳴猛著鞭。

賀　王建煊鄉兄榮任經濟部次長

七十三年五月二十九日

敬業與使命，吏習最堪嗟。願公獅子吼，救得此時艱。

答　煥文兄電賀

七十三年六月二日作于端午前夕送梅雨之夜

侷促如轅下，艱難十二年。合當破繭去，昂首負雲天。

慶潘廉方立委八十華誕

七十三年八月八日

巍巍西嶽降人龍，潘老當推一世雄。曾御星軺通大漠，每從壇坫振宗風。中華土地資源學，墨國愛多農場功。開物齊民侔禹稷，天增壽域祝華封。

論宋史張邦昌

七十四年乙丑正月

不登殿陛不嵩呼，此日邦昌未帝胡。屈膝祇為黎庶保，應教趙構更容誅。

遊至善園

七十四年乙丑清明

曲水流觴果有溪，嬌娃歌送碧橋西。松風閣內多精品，半是乾隆御筆題。

夫人贈菊

乙丑上巳

俏立窗前韻最嬌，杏黃衫子綠絨絲。深情伴我孤燈下，多謝芳心慰寂寥。

七十四年秋節

今歲中秋節，吾家少一人。么兒入伍去，振翅此先聲。

正月二十三日夜

偶讀長門每自憐，百花風月已成煙。欣知老幹堅如鐵，更喜纖腰軟若棉。青眼昔曾輕將相，布衣今不羨神仙。花因有恨苞含淚，人豈無情老太玄。

淡江小李

來是空言去絕蹤，淡江無雁訊難通。李郎曾恨蓬山遠，我隔蓬山更幾重。

高雄國賓飯店夜眺

七十四年

牛郎掩鼻愛河東，織女低徊卻顧中。臭水三千烏不渡，雙星今夜路難通。

贈　秋虹

幾生修得到鴛盟，白首雙棲合有憑。但恐彩虹容易盡，用情深處怨同深。

鄭氏復臺三二二周年

開闢荊榛逐荷夷，十年始克復先基。田橫尚有三千客，茹苦艱難不肯離。

（註）清龔定庵雜詩有句：田橫五百人安在？難道歸來盡列侯？可併此詩觀之。

偶得

華南往事不堪論，悴柳殘花淚有痕。金粉飄零歌舞歇，尊前好友話紅裙。

（註）偶拾行篋，得　伯烈兄高雄旅邸之留字，摩撫低徊，乃成此一絕句。

過法藏寺

四月二十九日

法藏寺外夕陽斜，破檻迎風舊美家。峰月莊前燈似鬼，皇家侍女話桑麻。

賀　陸公榮任周年

不負能名重四方，一年政績果輝煌。財經當代英雄業，勞怨豐功萬古揚。

杏林巷口(一)

杏林巷口夢頻迴，道是無緣卻有緣。多少溫存多少淚，燈前低首話娥眉。

杏林巷口㈡

杏林巷口夕陽斜，往事依稀記未差。欲去迴眸情脈脈，問郎今夜宿誰家。

剪報感事

七十四年六月四日

閱歷名場宦海涯，美人遲暮惜芳華。四十年來誰著史，滿樓珍籍自成家。

無題一

勿教歡地育愁苗，欲借溫柔解寂寥。浪得虛名憐粉黛，風流兩字太輕佻。

無題二

又見櫻花滿眼紅，可憐春色有無中。最是無燈新月夜，獨沽冷酒送東風。

觀畫有感

七十四年九月

棕竹斑斑入畫圖，痴情妃子淚婆娑。休言可汗非良偶，大抵詩人感慨多。

夫人盆花

杏黃衫子綠絲絛，剛健婀娜秀又嬌。合當伴我芸窗下，紅袖添香慰寂寥。

太魯閣至天祥道中

七月十八日

壁立千尋鬼斧工，群山環抱一車通。洪荒留此天成險，吾與沈（幼丹）公感慨同。

杉林溪天地眼

天地有心留隻眼，雙瞳望涸瞰人間。萬古塵寰皆一調，不為名利便為仙。

題指南詩籤

七十四年十二月

十載同船渡，百年共枕眠。願修今日好，且結再生緣。

觀音泉

七十四年

百尺寒泉匹練懸，觀音群瀑不新鮮。消閑偶作觀光客，逝者如斯古有言。

賀 建煊次長赴美談判貿易榮歸

七十四年十一月三日

及鋒小試見真才，一夕聲名動地來。樽俎當追李爵相，雄風萬里待君開。

記溪頭夜飲

七十四年十二月二十一日

佳釀好友啖時鮮，紫竹山莊笑語連。此是人間真富貴，結廬有願續前緣。

夜遊

滿村花柳皆傍水，一路樓臺直到山。池畔無燈憑月照，園門不鎖待雲關。

賀　兆榮兄六十

逢君周甲贈君詩，記否囊空瓶盡時。天涯貴有相知在，何吝金樽換酒巵。

東靜之亭諸山友

風流易散美景暫，盛筵當前再聚難。此是當年亭上語，而今重讀似詩讖。

清心茶苑聞莊雅羽女史琵琶

七十五年三月二十一日

怕見明妃出塞圖，可憐馬上淚婆娑。怎知可汗非良偶，自古書生感慨多。

重逢

之一

五月一日

睽違百二日，思鄉與俱深。幾回幽夢醒，含淚喚屏屏。

之二

五月二日

莊生蝶幻喻浮生，地老天荒義仍新。五百年前尋舊夢，心香供奉曉夫人。

朱芳慧小姐演出漢明妃觀後 七十五年

(一)

聽罷芳卿出塞歌，最憐妃子淚婆娑。怎知可汗非良偶，自古詩人感慨多。

(二)

湘竹啼痕馬嵬坡，和番妃子淚婆娑。古今多少紅顏恨，莫怪詩人感慨多。

陸潤公生日 七十五年六月

巨眼槃才並世無，浩然遠引葆真如。為公默禱千秋歲，事業名山合著書。

赴宴

七十五年七月

赴宴漸驚同輩少，年來首坐更頻頻。非關官位只緣老，四十年來步步升。

送次子入伍

忍淚送兒去，歸來頗自傷。髫年別慈母，花甲未還鄉。人生能幾何？思之每斷腸。但願兒歸日，吾鬢未全霜。

贈李心怡

七十五年十二月二日

竟似曾相識，三生合有緣。願如侯李會，月府遇嬋娟。分明蘭蕙質，應屬菊梅儔。底事遭天妒，謫與凡卉流。

（註）心怡為山東濟南人。

登山歡宴　即席呈薛公

七十五年十二月十七日

㈠

山林風味勝華筵，濁酒粗肴樂似仙。莫道雞群曾立鶴，淮王鷹犬半升天。

㈡

滿山青紫俱詩篇，有病方知健是仙。濁世功名同貝葉，管他肥瘦總歸田。

㈢

遍山青紫俱詩篇，九五峰前笑語連。此是人生真富貴，不求將相不求仙。

敬和　馬老師鶴凌先生青年軍復員四十年感懷詩

七十五年八月二十六日

貧愚我見禍中華，八十年來未有涯。但使兆民同衽蓆，何須功業屬誰家。吾公曾是屠龍手，今亦與嗟初願賒。唯有憲章能立國，昇平不用血如花。

賀美加合唱團榮獲五燈獎冠軍

七十六年五月十七日

激昂慷慨氣如虹，婉轉低迴亦見工。贏得五燈非倖致，美加兒女俱豪雄。

悼念小鳥

七十六年五月二十九日

早起喂喂學喚人，吾家亦有小紅唇。翩翩白羽隨人轉，足畔啾啾最可親。

賀 黃伯母百歲（集自杜詩）

六月二十日

造化鍾神秀，威鳳高且翔。今朝烏鵲喜，獻壽更稱觴。

贈 裔瘦漁兄并祝遠行（之美）

七十六年十二月二十五日

吾道兄為健，江山妒霸才。當年臺閣夢，壯歲不重來。

一見惺惺交恨晚，念年臺閣夢全空。尊前不再談天寶，把臂相隨作寓公。

東　高明敏兄　庚午四月

當年京滬群兒戲，攪亂神洲致陸沈。歷代興亡歸劫數，青山兀自笑吟吟。

東　高明敏兄

人事有代謝，往來成古今。江山留勝蹟，我輩應登臨。

（註）此東乃約之登山也。

哭　葛龍瑞鄉弟

萬里南奔避禍機，恩仇鋒火阻歸期。頻年栗六歡遊少，噩訊驚聞痛哭遲。

贈曉屏

憐香初識便傾心，小別難忘一縷情。惟恐繁華幽夢醒，拚將全力喚屏屏。

銷魂每憶雀巢春，能得佳人愛幾分。玉貌清才真匹偶，誓言唯我最憐卿。

幾生修得到鴛盟，白首雙棲曷有憑。太息彩虹容易盡，用情深處怨同深。

七十七年生日觀夜宴圖有感

凝香今夜特多情，似見熙翁畫裡人。立馬吳山天下恨，果然誤國是書生。

（註）夫人與諸女伴宴我于國賓飯店四香園餐廳之凝香室，壁懸南唐張熙載夜宴圖，感而賦此。

答延年

九五峰前攀峭壁，靜之亭下酌汾陽。韶華已誓休回首，留得詩文傲帝王。

（註）得　延年自日本來函，嘉許我班同學集體郊遊登山之舉，以詩答之。

又見秦淮

秦淮本舊遊，又見六朝秋。早歲風雲志，都付水東流。

祭祖墳二首

荒墳憑指認，碑碣俱無存，何得松喬護，蒼蒼墓有雲。
歷劫歸來晚，天涯遊子情，於今心事了，願可慰慈恩。

七十七年十月

見母

萬里歸來能幾日，百年強半負慈恩。此行稍釋平生憾，白首嬌兒待罪身。

民國七十七年十月

謁墓途中

卅年浮海罪人身，百里長豐拜墓行，代有忠良賢孝出，六經大義在明倫。

六四血案

民國七十八年

天安門外少年頭，但為元元不為仇。恨煞腥風驚寰宇，忍看毒手黯神洲。

參觀國際蘭展

八十三年三月二十日

展期已過賞花遲，花果飄零子辭枝。待到來年花再發，諸君勿再誤花期。

遊南韓詩四首

(一)韓王宮

景福宮前古戰場，閔妃俯首問花房(日使)。左營夜報軍情急，貴國可真擁吾王？

㈡天馬塚墓群

華夏遺風何處尋，新羅佛寺古王墳。殘碑唐楷紛然在，彷佛身臨故里門。

㈢漢江夜譚

吾道誰為健，能文是禍胎。雄心雖未已，壯歲不重來。漸覺名心淡，多言是禍胎。念年臺閣夢，未展棟樑材。

㈣新羅夜飲

一見惺惺交恨晚，當年臺閣夢全空。樽前不再談天寶，把盞相期作寓公。

日本五十里湖即景二首

(一)

紛紛點點密如麻，似夢似煙不似花。五十里湖飛雪雨，東瀛此景最堪誇。

(二)

雪地雪天雪正飄，當年豪氣未全消。冰河鐵馬時來夢，曾記揮軍戰灞橋。

大內宿

大內為何在雪山，陪臣僭越自為藩。莫非秦政消亡後，徐芾稱尊鬼怒川。

贈　劍雄兄

八十二年八月十八日

星槎萬里效馳驅，正是男兒得意時。能報天家休自棄，建功宜早不宜遲。

（註）林署長劍雄兄贈以在馬來西亞簽訂租稅互惠草約照片二張，賦詩以謝之。

美北道中

八十二年十月

初舉柴薪煙霧迷，一聲霹靂似燃犀。待當爐火純青日，便是灰飛煙滅時。

滿山青紫俱詩章，松翠楓紅樹族王。極盡天然容色美，此端彼艷較奇粧。

楓葉秋來紅似火，青松終歲綠於潭。鋪天蓋地渾如海，水淨沙明煙雨寒。

贈李京定兄

八十四年四月二十日

白盞深溫泛酒香，閩南冀北又何妨。但教果有中原味，金馬陳高俱可王。

（註）李京定兄郵寄金門陳高二瓶，此酒近年來臺閩地區之王牌也。賦稅一首謝之。

贈方信兄（有感其席中言）

運蹇才高今古同，中唐李杜宋放翁。季高不遇胡林翼，終老寒窗課牧童。

上海灘名庖吳烈慶新作東坡肉上市

五月十五日

副總高明烈慶賢，重教美饌現人間。等閑品得盤中味，只羨東坡不羨仙。

坐臥常攜酒一壺，欲從醉眼識行都。淘淘逐利爭名外，睚眦恩仇小丈夫。

草山花季

年年歲歲花相似，歲歲年年人不同。去年花下人何在，今年花比去年紅。年年歲歲花相似，歲歲年年人不同。縱使明年花更好，看花知又與誰同。

敬和　培礎兄

睽違半百古來稀，離亂頻年不解迷。介壽堂前揮帽日，秦淮河畔折枝時。龍興禪洞高人語，建業新街辯士痴。顛倒乾坤歸世運，卻為狼虎論高低。

（註）培礎兄南京時代少年好友也。

內閣改組，聞　劍雄署長將提前退休有感

八十五年七月

卅年辛苦地，哀樂俱難忘。壯歲不重來，幽懷託杜康。

酒經

八十五年七月

酒精七十誰能飲，五四當年大有名。六十漸將成絕響，獨存三八最風行。

词

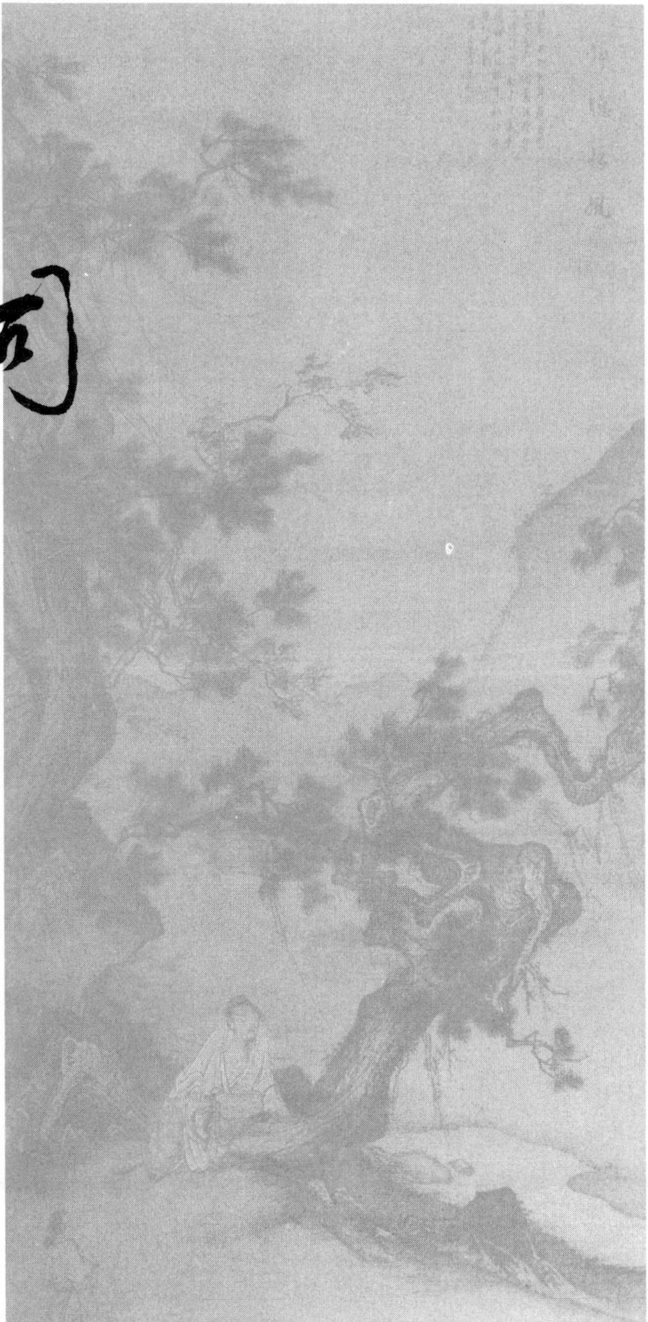

浪淘沙

三十四年秋于巢縣

鎮日掩樓門，黯自銷魂。慢拿濁酒醉酩酊，且藉吟哦先解悶，隻影孤燈！

鷓鴣天

感廣林贈款作

記得曾為金陵客，徵歌還覓秦淮月。千金買得酒娘歡，質去金貂無惜色。　時已過，今非昨，飄零三載身如葉，髮長覆額吝於修、又恐明朝需鞋襪。

憶江南

四十年十二月

多少恨，昨夜夢神洲。錦繡江山成廢壘，不堪重讀秣陵秋，何日泛歸舟？

憶江南

四十二年歲末于陸軍官校預訓班

窗外雨，點點絡如珠。記得往年臨歲末，綠窗紅燭對琴書，談笑酌屠蘇。

窗外雨，恰似淚如珠。海角今宵臨歲末，滿腔悲憤伴殘書，何處覓屠蘇。

調寄浪淘沙

四十二年癸巳歲暮

歲暮歎無家，縱有繁華，怎如松下話桑麻，最是怕人問歸去，增我吁嗟！

歲暮歎無家，何處繁華！中原五載血如花，不把江山重整頓，空有吁嗟。

賀思高表妹女師卒業　浪淘沙

四十二年七月作于火車中

三載立程門，礪學敦行。黌宮此日祝功成，佇看春風桃李笑，步步青雲。

三載立程門，今慶學成。杏壇行見展經綸，振翮九霄迎旭日，似錦前程。

虞美人

四十年端午前寄　愛鼎兄

而今負笈身如葉，還自傷睽別。天涯知己我與君，卻又離長會短聚無因！

暖風吹得遊人醉，點點思鄉淚。江南正是好風光，對景懷人何日酹歸觴！

浪淘沙

乙未季春于北縣三重鎮

無語立黃昏，底事傷神，軟紅零落竟成塵，又是一年春去也；空撫長門！

斜月冷苔痕，意緒紛紜，欲將心事託行雲，寫盡衷情千萬縷，寄與何人！

賀 榮佩兄新婚 畫堂春 丙申春

雀屏中選羨王昌，椒房比翼雙雙，金猊龍鳳鎖瀟湘，舉案相莊。露濕櫻桃紅透，雨餘芍藥含芳，芙蓉帳暖夢高唐，蝶戀花狂。

和 王序君 鷓鴣天 四十五年丙申春于樹林

最是淒涼子夜中，拋書坐對月簾櫳。七年望斷鄉音北，涕泗天涯客恨東。思懨懨，恨重重，一年容易又春風。繁櫻謝作胭脂雪，剩有薔薇寂寞紅。

桃李春風最惱人，關山明月杜鵑魂。簷前羨煞雙飛燕，比翼年年返故門。思往事，倍傷神，科頭不語近黃昏。滿庭芳草含愁色，一樹梨花帶淚痕。

憶彭琦　菩薩蠻　丙申春

一簾疏雨斜風裡，落紅滿地無人理，一片苦相思、芳心知未知？何時能一見，不再憑魚雁（尤憶半含羞，低頭笑語柔）。大直憶初逢，凌波若夢中。

得立民好友書，謂將適新加坡　調倚離亭燕　四十八年

已是落紅時候，島上春光依舊。聞道故人將遠去，繞室徬徨許久，離恨欲沾巾，且盡一盃清酒。

而後君猶寄否？海外已嫌知己少，世亂那堪別友，悵望綠雲邊，此夕夢和灞柳。

步立民原均　念奴嬌

四十八年己亥除夕

歲盡今宵，轉眼又，綠滿庭除幽谷。寄語東風休再誤，早把河山清滌。泛海為家，朱顏藉酒，最怕鶯聲急。流光飛逝，年年愁對今夕。　極目北望中原，關山迢遞，孰與傳消息。十易星霜鄉夢冷，誰似冬陽煦浴。淚盡家家，雞鳴處處，命世心猶熾。撫髀嗚匣，英雄千古相惜。

秋夜被酒　臨江仙

五十四年八月二十三日

一局殘棋將盡夜，堪悲逝水韶華。廿年心事了無他，同登仁壽域，不為帝王家。　放眼三臺真盛世，美人醇酒箏琶。樓船天塹詎能遮，應知河滿子，便是後庭花。

（註）酒後戲填，用春明外史小說中楊杏園對花小酌詞之原韻。

滿江紅

乙巳年春正書紅

匝地煙塵，僅剩此，一泓新綠，曾記得，侵華敵騎，縱橫屠戮，四百兆人齊用命，八年血戰蒯奇辱，到而今，禹甸又腥羶，空蒿目！看神洲，成鬼域，念父老，膏鋒鏃，想劍氣摩空，旌旗蔽日，擊楫橫飛天塹外，揮戈直搗燕然麓。待從頭重整舊河山，清世局。

賀姚立民兄新婚

畫堂春

錢塘淑女最溫柔，桐城名士風流，海外關雎咏好逑，在美之洲。

蕙質蘭心第一，文章經濟無儔，神仙眷屬姤牽牛，恩愛千秋。

賀楊新白局長五十晉八華誕　千秋歲

五十六年八月

三秋金桂，雲外飄香蕊。占吉月，逢佳會。四知延世澤，五福承天爵。勳名烈，掄才應數圜中傑。　屬下光南郭，曾作郇廚客。人依舊，今猶昨。蓬萊開壽筵，海屋添霞瑞。吾儕輩，為公再獻千秋歲。

金縷曲

五十七年六月

天涯我已飄零久，總縈懷茫茫世變，白雲蒼狗，一事無成人漸老，移愛章臺鶯柳，如是香君何處有？但記取樽前歡笑，須及時，此意卿知否？莫辜負，人與酒，且暫作、客中友。

詠粵中紅棉 蝶戀花

一樹繁英紅似海。昂首亭亭，燦麗如華蓋。羞與群芳爭榮采，傲然屹立廊簷外。　自視高標從未改，獨抗狂風，不作低頭態。甚笑柳綿真可愛，玉堂溝壑隨緣待。

（註）昨夕福星川菜小晏，談本局時事，醜態祕聞，不一而足，歸臥樓頭，醉占〈蝶戀花〉一闋，以柬同酌諸君。

西江月

七十年辛酉杏月初四

世事幻如棋局，人情薄似春雲，何須計較苦勞神，坐失繁華勝景。

尚有幾盃好酒，況逢一片花新，暫時歡笑且開心，明日陰晴未定。

（註）報載陽明山櫻開似錦，遊客如雲，乃填〈西江月〉一闋以寄慨。

采桑子

平生祇為多情誤，既怨卿卿，還要卿卿！天涯難覓素心人。

浮名風月不關心，行亦思卿，坐亦思卿！白簡青燈了此生。

贈（戲筆）

地煖催花成急就，玉潤珠圓誰道年方幼，宜笑宜顰宜掩袖，閑來曾否雙眉皺，他日皖江重邂逅，為問卿卿，記否兒時舊。

冷雨獨飲

殘宵勝酒，似這般淒涼時候，獨對華燈，往事奔如驟。笙歌盈耳，笑語甜柔。

長相思

七十年春正記事

長相思，夢迷離，夢到真時心亦迷，是否人太痴？　鬢絲絲，頸依依，醉後香唇著著迷，當時人已痴。

都道人長壽，而今，景物還依舊，朱顏須借酒，鏡裡花容瘦，不是悲秋，流光白了少年頭，來日苦憂，去日哀愁。

陳公贊

姓名香，行為俏，花花草草，暮暮朝朝。關心三春月，開口千金笑，惜玉憐香無時了，奈何，朱顏易老，白髮難饒。

送別　浪淘沙

聚散苦匆匆，此憾無窮。今年花比去年紅，縱使明年花更好，知與誰同！

乙丑端陽競渡　鷓鴣天

七十四年六月二十四日

同胞手足亦爭雄，競渡最能此意通。眾志一心齊奮槳，誓期奪得錦標紅。　臂似鐵，氣如虹，為君鼓掌祝成功，切莫中途歎力窮。

沙公昭鉦贊

笑傲江湖，縱橫酒國，俯仰天地，遊戲人間。

憶舊遊　臨江仙

憶昔華南樓上飲，座中多少豪英，徵歌選美鬧紛紛，此醒彼又醉，檻外已三更。　二十五年如一夢，鬢邊華髮心驚，重臨秀閣看新人，依稀似舊識，感慨話生平。

七十六年八月七日

閱報有感

同林鳥，同林鳥，同林未必真偕老。有的，緣盡情未了，有的，情盡緣未了，個中憾，知多少。

賀楊女士于歸

金馬玉堂學士，蘭閨麗質天香。鸞儔鳳侶共翱翔，今夜月圓如望。
真個人中麟鳳，爭呼福祿鴛鴦。瑤臺儷影一雙雙，比翼相偎錦帳。

散調小令贈阿張

但教有酒心無事，有花也好，無花也好，選甚春秋？勸君莫惜花前醉，今年花謝，明年花謝，白了人頭。

南國懷舊　蝶戀花

八十三年夏初

水軟山溫人競秀，繡戶珠簾，雨打風吹舊，昔日題詩今在否？揮毫曾帶三分酒。　越酒頻斟思短袖，悄問櫻櫻，記否當時幼？

聚散無端年年有，人生總不堪回首！

隔院明眸今在否？縱仍青青，料折他人手，薄醉春寒身抖擻，無言獨對淒涼酒。

一片雞聲似報酉，和淚依依，夢到臺城柳，消魂無計人真瘦，斜陽一角窺窗首。

賀遠江內弟六十生日　水龍吟

南風五月江波，正菖蒲葉老，芙蕖香嫩，長庚如畫，明年看取，百壺清酒，便留下勝馥蟠桃，分我作歸來壽。

（註）集宋代詞家韓元吉詞（水龍吟）中吉句。

奉和姚立民兄　踏莎行

又見林邊，櫻紅開遍。驚雷可是春光現，層樓獨步近黃昏，何時重覩伊人面？

盼煞歸鴻，椎心零燕，今宵風雨甚於前，安能再訪舊時園？待看花落誰家院？

登山吟

山花含笑，野草芳香，青藤老樹似仙鄉。長嘯輕歌意氣昂，索道梯山身手壯，清風拂面精神爽。勝過那，鐘鳴鼎食、金馬玉堂。又何必，懸樑刺股，十載寒窗。冰河絕塞，躍馬橫槍。何如俺，一把花生、半斤高粱，便志得意滿，笑傲山崗！

渾如冷蘇宿花居

擁抱檀心憶舊香

開到寒梢尤可愛

此艘必是

對聯

春聯類

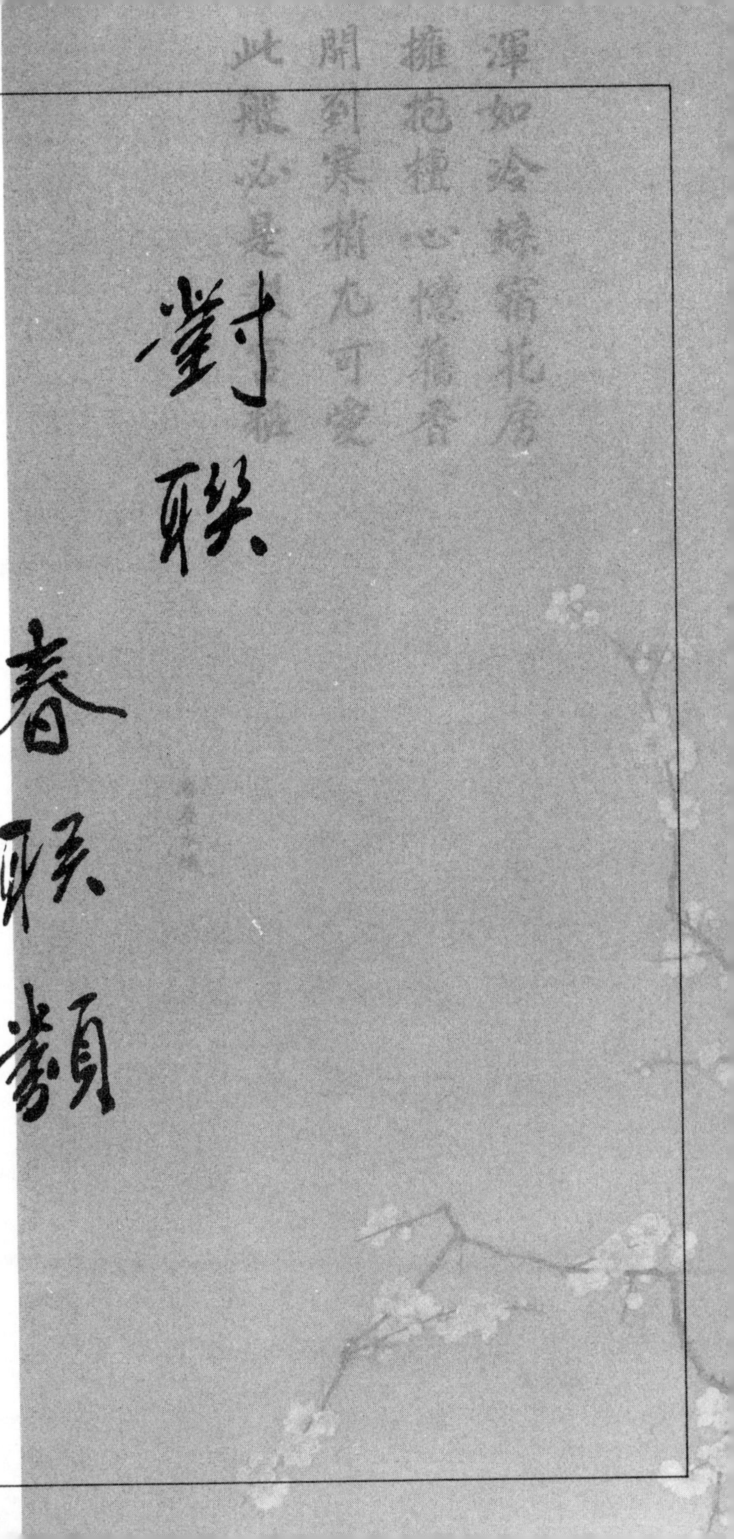

制憲年春節　　三十六年

紅桃綠柳迎新歲；
白叟黃童樂憲成。

鄖公陽明山公館門聯　　四十一年

看山上櫻花，無非是殊鄉春色；
數當前人物，大抵皆治世循臣。

癸亥春聯　　七十二年

憲政待弘揚，海外兒郎延統朔；
河山曾歷劫，中原父老望旌旗。

壬戌春聯　七十一年

四海論交遊，半世文章驚俗吏；
五湖恣嘯傲，滿腔孤憤寄醇醪。

甲子春聯　七十三年

甲子開新運；
河山復舊圖。

曆年周甲；
天下為公。

治國以公平第一；
齊家則和睦為先。

乙丑春聯

西復神州果何日？
東望王師又一年！
是曰傳統；
斯乃文化。

七十四年

丁卯春聯

須視異黨若吾黨；
莫把杭州作汴州。

七十六年

七十六年春節退休同仁聯誼會

兔起虎賁逢吉歲；
春來今節祝長青。
憶昔年同抒心膂；
願今朝共享華年。

戊辰年春聯三則

今上繼堯舜以興，從此邦基永固久安長治；
舊歲隨赤兔而逝，且待金甌無缺萬古彌新。
歲聿頻更，憲政又開新史頁；
天心厭亂，中華重整舊河山。

斂財惡之首；
近德孝為先。

庚午春聯 七十九年

百劫河山依舊；
千秋歲月常新。

辛未春聯 八十年

聯邦一統神州日；
萬國衣冠拜冕旒。

中華聯邦一統；

世界民主萬年。

癸酉春聯　八十二年

神州一統知何日；

天下三分勢已成。

橫額——江山如此多嬌

甲戌春聯　八十三年

百鳥爭鳴，百花齊放，聯邦一統；

五權憲法，五族共和，華國千秋。

橫額——天下於乎定

乙亥春聯

新文明，抗異端，重興國運；
舊傳統，迪後起，再造中原。
橫額——歲聿更新天心厭亂

八十四年

丙子春聯五則

完成辛亥未竟志業；
實現中山建國宏圖。
成國民革命之全功；
臻中華政局於郅治。

八十五年

偏安歟本為正統；
小島乎何遜中原。
莫興箕豆劫；
何必論忠奸。
宦比梅花冷；
居凝翰墨香。

對聯

園林·人名·壽慶

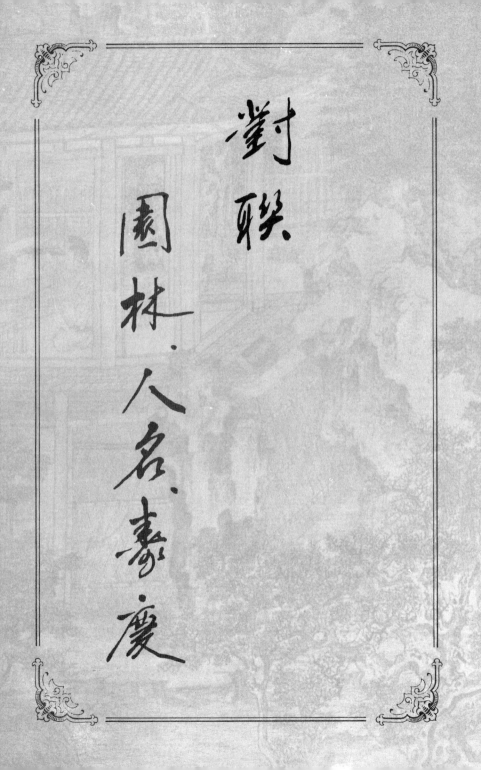

容石園聯

五十七年

有容乃大，淵涵坦蕩真人爵；

惟石可人，媸妍陋雅總天然。

（註）臺北國稅局成立周年際公局長邀宴于新店容石園，即席成一聯以獻。

文雀聯

五十八年五月

文苑雄圖，都成幻夢，落拓青衫寧羨吾；

雀橋鴛盟，畢竟煙塵，飄零紅粉獨憐卿。

劉氏祖先堂聯

再造重光，彭城遺烈；

弔民伐罪，淮泗雄風。

白雯莉聯

雯煥中天，彩凝玉楮；
莉香上苑，質逾幽蘭。

五十九年

萬壽園聯

萬里江山，萬民萬歲；
壽星天地，壽國壽人。

靜之亭聯

莫各登臨，亭主豪情同北海；
常來啖飲，山林風味勝華筵。

六十年

但求花月常新，何須海錯山珍，多糜爾祿；
曾以鮮豚偶試，未若黃雞白酒，足快吾頤。
祇盼良朋時聚首；
誰知聚散總無常。

四十六歲生日自壽

六十二年

平生以太白重光自許，詩酒俱名家，一代風流誰似我？
志業唯文山炎武是尊，慷慨亦國士，千秋豪俠孰能儔。

贈徐三小姐黛莉

六十三年四月

辜負黛綠年華，撫長門賦，萬里鵬程期鯉化；
記取莉香時節，嘯短歌行，千秋鷗盟羨花魁。

五十歲自壽聯

才子由來多俊傑；
英雄未必俱王侯。

六十六年十一月十八日

賀　陸局長潤康五秩華誕聯

百齡壽甫半；
千秋業正中。

蔡美真聯

立身端謹方為美；
處世剛柔率以真。

劉茂森、麗英夫婦聯

麗日經天，萬類生機茂茂；
英才濟世，千家寶樹森森。

唐寶玉聯

唐詩宋詞，性靈結晶，是以曰寶；
秦磚漢瓦，技藝製作，焉可比玉。

陳公孚聯

公明篤實，雖婦孺咸所聞知；
孚信寬宏，惟賢者庶幾可及。

酒後書懷聯

七十一年壬戌春正

四海論交遊，半世文章驚俗吏；

五湖恣嘯傲，滿腔孤憤寄醇醪。

羅太太王明芳聯

明理為賢，撫孤侄二十年，賢者所難，曾經鞠育抱負，慈嚴兼具，

雖親娘不能至；

芬芳其德，侍病母千餘日，德行匪易，其間侍藥嚐湯，勞怨無間，

即孝女何以加。

菁菁聯

綠萼之菁歟，果然殊色；
青蓮蓋艸也，不染塵泥。

陳秀霞聯

千岩競秀；
百采陳霞。

芳園餐館聯

芳菲未歇，正好擊鼓催花，莫使金樽對皓月；
園蔬猶美，會當持籌賭酒，休將錦瑟負華年。

魏副主任建言兄尊翁　其庚老伯八十大壽聯

七十三年八月四日

書香世裔，孝友門庭；
階前蘭桂，堂上岡陵。

昆岡、美文夫婦聯

七十五年一月四日

昆岡擅群玉之美；
輿國掄多士以文。

家鄉樓餐廳吳副總正芳聯

正其誼，乃謀其利；
積餘德，必有餘芳。

朱聖賢大夫聯

聖手回春，功同良相；
賢名耀日，澤沛眾生。
魯乃聖人鄉，宜生國手；
朱為賢者姓，不忝名門。

壽　陸前部長潤康六十

甲籙一周，大德允臻無量壽；
庚星再耀，我公當成不朽名。

丁玉藻鄉兄七十壽聯

百花開壽域，蓬萊一杰，欣春不老；
七夕是生辰，銀漢雙星，祝仁者壽。

七十六年十月十日

勤予穎公司聯

勤能補拙，儉可養廉；
穎堪自現，慧以覺人。

素蘭聯

素心存日月；
蘭芷自芬芳。

七十六年十月二十五日

奇蘭聯

奇鳳非桐木不棲；
蘭蕙惟王者可近。

慈鳳聯

慈悲乃佛門寶訓；
鳳凰為治世祥禽。

張永鎮兄六十大壽聯

七十六年十二月二十三日

壽園山友，象阜英彥，願成偉器，克亨大年；
春秋鼎盛，甲子重新，溫良恭儉，沖敬忠盡。

漢堂、素蘭夫婦聯

漢學以忠恕為心，素德嘉行，留得高名光簡冊；
堂訓惟修齊是務，蘭馨桂馥，擷取清芬著梓鄉。

七十六年十二月五日

永華、碧松夫婦聯

碧波若萬頃丹青，百劫河山依舊永；
松聲聚九天清籟，千秋歲月自風華。

羅萬清、秀英聯

萬卷胸藏，滿腹書香方見秀；
清流足遍，一身勁氣乃名英。

二月二十日

贈星洲連婷

閱盡百花，惟連氏美；
遍遊五嶽，獨黃山幽。

七十八年一月五日

贈瑩璇女史聯

瑩空碧落詩人恨；
璇宇荒寒素女魂。

陳淑惠聯

淑女窕窈，人間瓌寶；
惠風和暢，閨閣之光。

壽王澤農鄉兄聯

澤被萬民，當年壯志今安在；
農為邦本，往聖嘉言茲已非。

七十八年十一月二十一日

壽金樾老八十聯

樾蔭集山桑，海外鄉賢尊碩果；
軒昂著譙郡，襄濱父老頌甘棠。

五月十六日

賀孫立人上將九十大壽

兵略邁瑜亮而上；
精忠在文岳之間。

十一月二十七日

題「三顧茅廬」圖聯

片言論世局，先生真人才也；
三分定天下，將軍其有意乎。

生日書憤聯

縱有文章鳴海內；
何曾名位埒公卿。

八十一年生日

自況聯

宰相才情幫辦命；
多情公子吝書生。

退休自遣聯

八十二年一月

殘壘空留，忍拋熱淚酬知己；
餘勇懶賈，坦以慚顏對細君。

「巧珠」聯

八十二年四月九日

養成稚拙方為巧；
汰盡塵沙乃見珠。

木柵「迺乾」茶坊

八十三年三月

有容迺大，究何大事不能容？
無欲乾坤，莫道乾坤皆所欲。

又

笑語聲喧，滿山俱是尋春客；
茶香馥郁，遍野都為詠絮人。
有容世界，有義有情有慧業；
無欲乾坤，無利無名無俗因。

旅日本贈酒店經理聯

美酒助吟詩更好；
名花伴讀墨生香。

八十三年四月

題贈「笙友」歌唱餐廳聯

且借紅顏歌薄倖；
若為季子賦新聲。

遠烈四哥七十大壽聯

源遠自五千年文化，孝悌信。忠恕仁，懸弧應寫傳家史；
偉烈亙七十載星霜，艱苦辛。勤勞勉，花甲重回又十春。

八十三年七月十四日

林義德姻兄六十壽聯

義者宜，宜室家亦宜長壽；
德乃得，得天心兼得人和。

八十三年九月五日

鄰兒三十歲聯二則

電腦最宜詩作友；
異鄉更應德為鄰。

滿堂電腦詩為友；
萬里他鄉德有鄰。

賀羅雄田新居聯

英雄固立業為先，成寇成王如一瞬；
心田以種德是尚，希賢希聖允千秋。

八十四年

賀羅偉淡水新居聯

滿天霞瑞，觀音夕照；
半江漁火，淡海歸帆。

鹿窟「觀雲居」茶坊聯

觀景觀山觀世態；
雲天雲海雲上居。

佛堂聯

少欲斯行健；
多情乃佛心。

八十五年一月二十七日

賀王驀馨總經理

烹鮮小試經綸手；

調鼎初施濟世才！

對聯

哀輓類

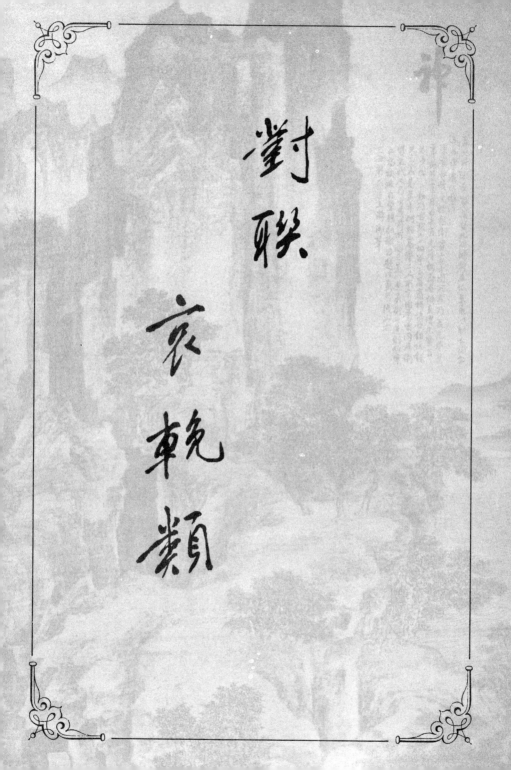

輓友人母喪聯

五十年十月

淚眼望鄉關，看遍地毒焰橫流，豺狼逞暴，此日噩耗飛來，痛泣板輿空有憾；

傷心懷故國，剩幾家棠棣猶華，椿萱尚茂，他年著鞭歸去，可憐依閭已無人！

鄉丈王志舜先生母喪輓聯三則

抱璞完貞，未嫁而寡，古烈女不過若是；

育孤守節，教子以忠，世賢母大抵如斯。

死節為難，守節為尤難，非國士曷克臻此？

教子乃賢，教忠乃大賢，唯德人胥得如斯。

節孝世無儔，邑乘應增賢女傳；
荻丸今再見，里人同泣賊中書。

輓　陳俊之鄉長

縱橫以應變，迹其行，竊謂毋負黨國；
臨危猶仗義，質於人，當云有惠桑邦。

七月二十日

當年敵騎縱橫，微先生，請纓無路，皖東青年，無以問關勤國事；
而今赤流泛濫，願元戎，揮戈有日，淮南志士，終將擊楫慰公靈。

輓　李玉珊兄

曾荷戈抗日，曾力疾治公，壯歲縱橫滁泗，慷慨悲歌存故壤；
憶舉杯邀月，憶從容赴敵，暮年蟄伏海陬，彳亍行吟死異鄉。

代胡處長輓其夫人

(一)

廿載惜雙棲，惟中道分攜，問卿能無憾否？女尚垂髫子尚幼；

百年原一夢，痛鸞輿驟返，嗟余復有緣乎？他生未卜此生休。

(二)

我哭不因哀，拜相封侯，蝶夢醒來原是幻；

卿行何太急，畫眉舉案，鴛盟偕老願成空。

代胡處長子女輓母聯

(一)

萱花頓萎，從今冷暖誰詢，寸草春心懷膝下；

蓼莪罷讀，一夕音容遽杳，千行血淚拜靈前。

㈡

與祖母異年同日而登仙，雨泣風凄，肝腸俱裂，微疴成永訣。那堪萱容倏渺，未承甘旨，寧有數耶；

佐吾父孝親教子以持家，布衣蔬食，鄰里稱賢，一夕竟千秋，不俟兒曹成立，稍報烏私，豈無天乎？

代同事同學輓前人

理財為百政基先，夫壻稱吾儕冠冕，雲程初發軔，園府勳名定不朽；

治家兼二孟賢淑，兒女皆一時龍鳳，鶩宿遽光沈，女宗懿範足千秋。

代鄭副局長輓前人

侍姑撫叔，以孝悌馳譽親朋，桓少君不是過也，淑行允著賢媛傳；
相夫教子，其溫良蜚聲鄰里，孟德曜何以加之，懿範當增列女篇。

代陳、馬二君輓前人

久隸處長帡幪，懿行共仰，一夕婺星沈，大限難違悲永訣；
夙佩夫人賢德，謦欬猶聞，九天蓮旆返，沈哀無語泣遺徽。

為同僚徐君作輓母聯

間關萬里賊中來，原期承歡有日，斑衣菽水怡顏色；
淚血千行親不返，那堪泣杖無期，春暉寸草慟昊天！

輓徐伯母聯

五十六年三月二十一日

(一)

賢母稱枌鄉典範，懿德高年同不朽；
梓舍乃吾儕冠冕，長才風義最堪欽。

(二)

寶婺星沉，堂北慈容已飄渺；
瑤池駕返，江南春雨正淒其。

輓同學金培凱兄 母聯

揮淚憶當年，與郎君芸窗共讀，畫荻早聞賢母訓；
傷心懷故里，痛吾曹萱闈久隔，斑衣何日報親恩！

輓　金培凱兄　母喪聯

與郎君總角同窗，早歲曾聞賢母訓；
痛吾曹蓼莪罷讀，他年何以報親心！

代張大程同學遺孀葉采霞女士輓大程兄聯

三年廝守，七載違離，方期茹苦含辛，持櫛奉巾幸有日；
九州夢斷，八嶺魂縈，可憐搶地呼天，趨庭繞膝痛無兒。

（註）大程與葉氏結縭三年即負笈東渡，計至臥病歸來，七載餘矣，惟無子女。

輓同學　張大程聯

五十六年十月二十六日

圓山琴韻，大直書聲，舊夢依稀，斯人已杳，當年揚帆去國，華藻忻占雙碩士；

扶桑負笈，蓬島歸真，德業堪嗟，壯圖未遂，明朝攬轡收京，英才痛覿一靈柩。

代王君輓　母氏嵇太夫人

五十八年春

子職多虧，陡屺興悲恨無已；

親恩罔極，蓼莪罷讀泣終生。

又

頻年離亂，教兒女有畫荻和丸之苦，機杼垂訓，迨若前賢，蜀水臺山，掬養劬勞恩罔極；

曩日箴規，佐吾父具定策決疑之功，井臼親持，尚其餘事，椎心泣血，承歡顏色恨無時。

又

曩日著嘉模，曾記故里操持，軍國征誅襄父業；

頻年丁世亂，雖當旅寓艱難，庭闈箴勉望兒賢。

為友人之妻作輓其母

五十八年三月

畢生為我劬勞，力瘁心枯，竟乏奇方療宿疾；
一夕與親永訣，呼天搶地，何曾血淚達泉臺。

為友人作輓岳母聯

憶當年福州中雀選，卅載相倚，慈恩擬母，方期膝下承歡，蔭長泰水；
慟此日寶島驚鶴馭，一朝永訣，重哀如子，遽使萱容頓渺，淚盡東床。

輓同學王行濱

五十九年二月十八日

世事尚可為乎，竊國竊鈎，最是艱難惟一死；
浮生真若夢耶，胡天胡地，何曾功過論千秋！

（註）行濱因案繫獄自戕而亡。

輓鄉友　馬志一先生堂弟聯四則

五十九年九月

㈠代其父母作

佳兒竟不永年，玉樹寶駒，愴懷鯉對；
芝蘭豈真一現，天荒地老，熱淚龍鍾。

㈡

少歿長存，數誠難測；
海枯石爛，恨胡可終。

㈢代其兄姊作

豈人間未足遂凌煙壯志，故趁清秋佳日，騎鯨仙去；
抑天庭尚待建畫閣奇勳，乃假碧湖勝地，捉月飛昇。

㈣

同氣遽分攜，秋雨樓臺花萼恨；
異時誰共讀，春風棠棣鶺鴒啼。

（註）鄉友馬志一堂弟某，年十五，肄業仁愛中學，少年英發，器宇不凡，父母俱鍾愛之，不幸溺于水，請余代作輓聯，即晚成四副。

代瞿兄昆仲輓其母王太夫人

六十年二月十二日

溯昔嚴親見背，門祚衰微，鞠育仰劬勞，午夜機杼迎曉月；
而今大劫未復，海角棲遲，恩私悲莫報，九天風雨泣慈暉。

（註）王太夫人卅五歲居孀，育四子一女成人。

哭冠眾兄

當年拔劍東來，千山跋涉，壯志何嘗五斗吏；
而今騎鯨西去，廿載浮沈，勳業居然八等官。
曾記得三更買醉，促膝縱談家國事；
最難忘片語解頤，撫掌狂歌兄父賢。

六十年九月

代友人作輓其父

抱紹箕光緒之志，萬里礪勤修，甘旨多違，遺恨終生悲梓舍；以富民裕國為心，卅載著忠藎，朋僚共仰，先芬永憶泣椿庭。

代友人之母輓其父

結褵且半百，顛沛相隨，方期林泉同憩，舉案無違，何圖中道分攜，偕老竟成千古憾；

臥病幾經年，藥石罔侍，但冀鶼鰈雙棲，奉巾有日，遽爾人天永訣，易簀猶乖一面緣。

代　胡兄作輓其父

六十二年十二月十八日

平生直道少人知，恨不肖無狀，罔極深恩慚未報，掬淚思諄諄庭訓，繼志永懷夫子教；

自古傷心惟客死，痛荊楚之雄，中興初軔遽歸真，含悲望漠漠家山，慰親長誦放翁詩。

又

六十二年十二月二十日

卅年紅羊浩劫，海曲棲遲，猶繞膝斑衣，差承菽水趨庭樂；

一夕椿堂遽殞，雲天路杳，縱椎心泣墓，何解蓼莪陟岵悲。

輓臺北市銀行　羅總經理

六十三年十一月三十日

治道以裕用為先，圜府芳徽，接席每欽經緯志；

報國惟開濟是務，南中人傑，撫棺長歎棟樑材。

哭山西　王文蔚兄

六十三年十二月

想弄笛當年，緩帶輕裘，揮毫布化，遺愛共甘棠不朽；

憶詠曇往事，品詩論酒，折柬催花，高吟與手翰常新。

（註）王兄愛吹簫、弄笛，曾任縣令，故有上聯。

六十四年三月二十二日

代 蔡兄輓其堂哥

三十年手足相倚，回首感重恩，不盡樓臺花萼恨；

九萬里雁行失序，傷心成薄葬，永懷風雨鶺鴒啼。

輓 李治民先生母喪

令子具貨殖長才，懋業宏規，泰嶽聲華原畫荻；

賢母本瑤池舊侶，遐齡淑德，孟歐懿範著機杼。

（註）李治民先生時任保險公司常董、國民黨中委。

輓實踐研究院院長　蔣公

繫五十年天下安危文明絕續重任，誰能為繼；
負七億人倒懸剝復自由得喪厚望，公胡可死。

六十四年四月十五日

身歷三洲，足遍全中國，吾黨二聖；
壽登九秩，秉鈞五十年，亙古一人。

輓某實業巨子

為實業界泰山北斗；
是貨殖傳端木陶朱。

六十五年一月九日

輓　錢夫人、張女士

夫人所驗證的傳統婚姻與婦德，仍該是現代婦女的偉大典範；
相夫成一代名儒，教子皆一時才俊，婦德母儀，幾人能及。

（註）奉指示以口語為聯。

輓　金唯信署長夫人熊大菁女士

輓　聯

蘭蕙冰雪之資，以儐佳婿，良緣堪羨；
溫良恭儉其德，竟罹惡疾，天道寧論！

輓　詩

神仙眷屬本堪誇，鳳泣凰殞事可嗟；
塵世因緣誠莫測，罡風吹散並頭花。

哀　詞

六十五年四月二十五日

秉溫良恭儉之德，以相夫立業，懿行誠足方此末世，奈何不享遐齡，所謂「天道」「果報」云者，寧可信耶。

輓　葉智滾兄

六十五年五月二十一日

狂悖之士耶？跅弛之士耶？豪俠之士耶？
草澤中人歟？利祿中人歟？性情中人歟？

輓何秀子詩

三千珠履皆彥碩，百二金釵俱妖嬈；
贏得群娃交口譽，何姨此處是人豪。

輓　某鄉友

誼屬同鄉，交分兩黨，早自春申識頭角；
敘齒汝尊，論輩我長，卻從海曲賦招魂。

又

生為青年黨；
死于青年節。

六十五年

輓實業界某夫人（佛家居士）

唱隨勤國事，舉案欽粱孟齊賢；
淑德振家聲，繞膝看芝蘭競秀。
貝葉梵音，一笑拈花泯宿業，坤儀淑德，卅年舉案證前緣；
佛座拈花，六道法輪沈寶婺，相夫持節，十方梅雨送靈旂。

輓　辜振甫先生令堂　施太夫人（詞）　六十六年一月九日

令郎負東南物望，為當今賢達；
太夫人又克享遐齡，同榮五代，真可謂福壽雙全。
克享八十遐齡，身歷五代同堂；
深厚的福澤，幾人能及？

輓關務署　喻專門委員擴斌

六十六年三月八日

有皎皎丹忱，有錚錚風骨，何必建旋天轉地事功，方為俊傑？
無赫赫勳名，無巍巍峻業，若能守立身用世節操，亦是人豪。

同前

歷戎行，轉歷財賦，不阿時，不媚俗，不畏權勢，最是楷書製牘，瑰行直饒奇士色；
是軍人，亦是書生，無顯秩，無勳名，無大功業，特以瘁軀敬業，立身猶有古臣風。

輓中興票券金融公司 饒忠達副理

是金融界後起人材，少日享嘉名，喜見賈生曾對策；
為票據業先驅俊傑，英年傷早逝，愴懷屈子賦招魂。
豈天上猝宣玉樓之召，一夕慧星沉，貨殖長才纔一現；
迨人間未遂青雲大志，重霄奔鶴御，風雲駿業落重泉。

輓 伍曰靄處長尊翁 伍季山老先生

有子蜚聲財稅，遙想庭訓當年，昭敘彝倫，應信顯揚原有自；
唯公澤沛潯廬，緬懷甘棠往烈，撫輯流亡，方知福惠本無差。

輓　前人

壯日奮于軍，中歲役于政，晚年瘁于教，用世之三途悉備；
忠愛獻諸國，仁義孚諸鄉，慈孝傳諸家，唯公能一德兼資。

輓　前人

賢父文武兼資，洪都人物之健者；
令子德才並備，匡廬靈秀所鍾焉。

輓　前人

老伯繫洪都雅望，武略文韜同不朽；
令子為吾曹冠冕，雄才遠識俱無儔。

自作輓　伍老伯　六十六年五月二日

匡廬擅東南形勝，先生當年，勒馬潯陽，揚鞭直欲澄天下；
南昌居江漢要衝，郎君他日，憑弔滕王，揮毫重寫舊輿圖。

輓同鄉某議員

靖萑苻，安閭閻，德存桑梓；
立議壇，勤黨事，功在國家。

代　楊兄輓其姊夫　夏季屏中將　六十六年十二月十四日

分屬懿親，情同手足，四十年鞍馬追隨，何間生死；
威行海域，血戰炎荒，九萬里河山馳騁，無怍人天。

（註）夏氏曾歷任江浙反共救國軍海上突擊總隊少將司令，滇緬邊區昆明部隊副總指揮，澎湖防衛副司令官，國家安全局長。

某同事逝，代其妻輓之

月夜盟心，花晨攜手，三生約遽隔人天，三更螢火三更淚；
鏡前簫管，燈下橋牌，一霎間都成幻夢，一聲兒哭一聲天。

輓　陳科長義母喪

接席欽郎君才識；
隔海仰賢母高風。

代　呂承翼兄作輓　陳母

生萱花方生芝草，淑德高年同不朽；
有賢母乃有令子，英才風義俱堪欽。

代　陳義兄作輓　其母

回首萱花思掬養；
傷心薤露起悲歌。

代其科內同仁作

大哉賢母，枌鄉典範；
偉矣哲嗣，吾輩班頭。

自作輓　陳伯母

賢母乃閫內懿宗，吟到蓼莪無限恨；
今子為人中麟鳳，育成蘭芷有餘芬。

代同班同學輓　譚志明兄

顏駟不遇，生未逢辰；
李廣難封，死有餘憾。

六十七年九月十八日

代譚太太　吳瑞英作

三生緣，再踐盼來生，三更燈火三更夢；
一人歿，待哺賴何人，一聲兒哭一聲天。

代 志明兄子女作輓其父

天上召公延國士；
人間留我作孤兒。

自作輓 志明學兄

攘利不先，忠憤耿耿，高才未遇，久屈下僚，其志不伸，以挫以死，天道寧問，嗚呼悲矣；
天未降大任於是人也，奈何苦其心志，勞其筋骨，餓其體膚。而又生於憂患，亦復死于憂患，天意云乎哉？

輓　汪禕成教授聯

六十七年十一月十二日

是當今法學名家，惠阜鍾靈，卅載聲華蜚宇內；
承夙昔申韓偉業，鄉邦彥碩，九秋風雨弔師門！

代　呂先生作輓其尊人

家書傳噩耗，一夕搶地呼天，最是傷心未成訣；
趨庭終幻夢，卅載晨祈夕禱，永教齧指有餘哀。

代呂公子輓其　祖父三則

堂上痛失娛親願；
階下苦懷泣杖情。

萬里望含飴，大父恩慈徒夢寐！
幾家失喬木，小孫斑綵悵烏私。
未省含飴樂；
空懷繞膝情！

自作輓 呂公樹德老伯

梓舍最雍容，會當齊家載福，光昭祖澤；
德門惟謹厚，真乃子孝孫賢，克耀先芬。

六十八年五月七日

代許雋波同學作輓其父　學寬老伯

六十九年九月五日

侍遊為師，居家為父，終身飫教澤，立雪立庭，先德如天恩罔極；

待人唯寬，律己唯嚴，畢生存謹厚，無爭無忤，深仁似海潤何窮。

代友人作輓　母聯

是壽母，是福人，女宗壼範，其德不遠；

有賢孫，有孝子，哲嗣英華，乃澤之長。

輓　吳荷景兄

生日會重開無日；

六君子又少一君。

代吳太太作輓其夫

白首恨無緣，春自凋零秋自老；
黃泉應有憾，子未成名女未婚。

代 吳兄諸子作輓其父

梅雨黯椿庭，罡風折喬木；
從茲鯉訓杳，無日報崇恩。

輓稅務旬刊社 鄭邦琨社長三則

七十年四月十日

三十年稅政拓荒，功臣安在？
四萬葉旬刊名世，公已千秋。

第一次賦改元勳；
三十年稅人師友。
賦改奠初基，誰為功首；
稅旬成巨擘，公已千秋。

輓　李兄令堂大人

五千年未有之變局，幾人盡孝能終養！
三十載勉成乎熙世，何日歸鄉正首邱？

代　李兄作輓母聯

百壇經筵，難報親恩罔極；
三年廬墓，何補子職多虧。
卅餘載北望思親，晨昏失省，鐵馬冰河縈旅夢；
四萬里南征避寇，風木驚心，白山黑水繫沈哀。

七十年五月八日

代　趙兄作輓父聯

經商、從軍、虔佛、弘教，先德永懷，名界爭如禪界好；
興家、救國、修行、濟世，遺規常在，來世果緣今世因。

七十年六月十四日

七十年六月十五日

輓 趙兄尊人 茂林老伯

佛緣由夙業，老伯已拈花證果；
頓悟半靈根，衆生尚逐利爭名。

輓 志一鄉兄尊大人 馬伯伯二則

俱為伯父子侄輩，執經曾問學，依稀洙泗文風；
皆是賢郎莫逆交，把臂每傾談，儼然濠陽健者。
窮達無憑，迨世間少有不羈跡士；
塵緣有定，豈伯父所見最後真人。

代 志一兄作輓其尊翁

憶昔鼎沸陸沈，四萬里投荒。相依為命，深恩豈掬養劬勞；
霎那地坼天崩，五百日侍疾。精誠罔極，大德迨丹爐袛席。

代 鄭夫人作輓其母 端木芳老太太

叨祖德天庥，五十年依偎慈懷，總期愛澤長留，春暉永永；
幸夫賢子孝，八百日支離病榻，那堪音容遽杳，寸草依依。

代其婿馬志一鄉兄作

三十載承歡膝下，尊養如親，奚云半子；
兩代人綵舞庭前，慈恩及婿，直是萱堂。

輓　鄭伯母

遐齡源淑德，女孝甥賢，咸讚芝蘭繞膝，福壽全歸；
千秋崇懿範，恤貧濟困，贏得里巷同尊，親朋共仰。

七十三年五月二十一日

輓　王雲五先生

手澤耀蕪篇，一代書商稱大老；
心雄昭萬里，千秋㟹㠌銘宗師。
曾承桃李愛，手澤蕪篇，一代書商稱國老；
讀遍古今書，心雄萬有，千秋㟹㠌感恩私。

輓　王雲老

立雪憾無緣，獅吼潮音擬弟子；
依蓮欣有幸，雞鳴風雨哭先生。

代　武同學輓其母　太夫人聯

蓮指攜群雛，罔極之庥，萬水千山登衽席；
金身祛眾苦，無疾而化，一門五代沐慈恩。

(註)　武炳炎同學時任北市稅捐處處長。

代　武伯伯作

吾復何求哉，身歷百年，戰亂離憂，太息金甌猶待補；
卿可無憾矣，眼觀五代，桂競蘭芳，祇嗟白首未同歸。

代武大姊、二姊作

憶當年柏舟矢志，危疑不改，以有慈雲能護蔭；
痛此日萱花頓萎，蓼莪罷讀，計無愛日替春暉。

代　炳炎兄堂兄作

困學記當年，大德永銘愚兄弟；
全歸逢吉日，貞魂常祐舊洪都。

代同班同學全體作

令郎正鵬程發軔，雞群一鶴，藎畫早知由懿訓；
賢母乃顯揚所自，佳卉盈門，蘭芬已足慰親恩。

自作輓　武伯母

賢母德堪風世，壽埒期頤，倚閭念中原，吟到夜烏頻落淚；
文郎器屬兼才，人間麟鳳，陟屺在海角，歌聞樹靜有同哀。

代　徐參事公瑾作輓其友

七十三年七月七日

當年雄姿英發，飲譽申江，經營不讓陶朱，愛國愛鄉，多少丹忱多少汗；

憶昔倜儻風流，浮槎臺海，相知何殊管鮑，如兄如弟，幾分風義幾分豪。

輓　陳老弟令堂　許太夫人

七十四年一月九日

黃卷伴青燈，守節撫孤五十載；

朱顏成白首，聖經賢傳一千年。

輓　陳公亮先生

論交季氏識公賢，國貿前驅，廿載韜藏彌足式；
避寇海隅傷世難，金融先進，一門風義俱堪欽。

七十五年十一月九日

輓　雷母劉太夫人

母喪最堪悲，惟堪悲者豈祇母喪，願同志為吾黨作中興再造強人；
國危誠可慮，但可慮者奚僅國危，盼賢郎抗異端覺後起重開新運。

代友人　葉君輓　母

繞膝五十年，罔極天恩悲莫報！
傷心未百歲，再親慈藹恨無緣。

母德如天，風靜怕聞啼夜烏；
慈容頓渺，更深不見依閭人！

代葉君作輓母聯

一世劬勞，親恩似海，百身莫報！
三春暉蔭，母德如天，寸草何堪？

輓葉伯母

子孫賢孝，九秩遐齡仙逝。縱在太千盛世。堪稱全福；
國步艱難，百年刀兵未歇。如此烽煙亂局，真屬殊庥。

輓鄰人林椿柏兄

七十五年十二月二十七日

十載結芳鄰，每欽一門敦睦，蘭桂齊芳；
三更聞惡耗，頓覺中庭悽冷，草木同哀。

輓吳子章兄

七十六年二月十日

論交近四十年，當赤焰橫流，中原鼎沸之際，易簀未傳光復訊，憶否？黑水嗚咽，遼河咆哮；
魂歸涉兩萬里，丁家國淪亡，骨肉乖違之痛，蓋棺猶眷故園春，遠矣，圓山琴韻，大直書聲。

輓 郭雨新先生

出則生，入則死，真大丈夫；
國為公，家為私，是天下士。

七十六年十二月十六日

代武炳炎兄輓其父

享年九七，積閏期頤，六十載階前環侍，雖兵燹載途，離而不散，
古今、聖賢、將相、黔黎，鮮此福緣，是誠德也；
眼觀五代，子孫滿百，八千里塞上征槎，幸吉星照命，危復能安，
內外、子女、壻媳、甥孫，皆叨仁澤，夫何憾焉？

七十六年十一月十六日

輓　宋昌和兄

曾記西湖祈靈隱；
卻從東海弔詩魂。

七十七年三月十二日

輓　薛次長家椽

稅政闢新機，園府勳名不朽；
登山敦舊好，林泉風範千秋。

故財政部次長　薛家椽先生紀念碑

登臨舊遊地；
緬懷長逝人。

輓國庫署長　鄭孝釗（叔平）兄　七十七年十二月三十一日

由小吏而致卿貳，亦云幸矣；
惟大年未登髦耋，誠可惜也。

輓郭部長婉容母　陳太夫人

南國相才，令媛稱中朝名宦；
北堂慈竹，賢母當冥國封君。

輓母聯三則

一

寸草春暉無限恨；
卅年菽水有餘衷。

二

造反解放有理；
親情孝道無存。

三

承歡無地；
抱恨終天。

（註）先母民國七十八年夏逝世于大陸，時余在台，趕辦兩岸出入手續，非一周不可，而大陸

則規定：三日發喪，故為遷就現實，乃在台北善導寺觀音殿設壇誦經，同步追薦，並在自宅頂樓，恭佈靈堂，晨昏祭拜，泣書三聯，以奉　先慈。

輓　邱公祖申先生

酒國稱豪，財稅遺老。四十年歲月催人，太息風流雲散；
詩壇云健，司法逃兵。八千里家山縈夢，可憐花果飄零。

七十八年十月三十一日

輓　淑英姑母

佐夫君周旋於豪傑公卿間。避偵騎，歷風霜，楊門健者；
教子女躍升自俊秀精英列，操家計，飫辛酸，董氏慈親。

哭　家炳姊丈

小民何辜，小弟何辜。昔當亂離，尤告無虧子職；
大難不死，大戰不死。今際太平，竟未克享天年。

七十八年七月十四日

謝坤祥兄父喪輓聯

老伯其世外高人，成佛成仙成正果；
賢郎本中朝名士，亦儒亦俠亦書生。

七十八年九月十日

輓　張前次長耀東先生

剛柔異體用，公以命世之具乎？
死生同月日，天之錫人有數耶？

以小學生、初中生，而碩士、博士，儼然國士；

自辦事員、調查員，至署長、次長，無所不長。

七十八年十月二日

輓　余登發老丈

兩朝諍友；

一代奇人。

偉大的中國人；

可欽的反對黨。

盛維恩兄家墓園

八十一年十二月

家乘繼汝南播越之後，一脈啟中興。臺員別纘新統緒；
先人自椒陵跨海而來，千秋崇祀典。陽明再建舊彝倫。
名山留吉壤，毓秀鍾靈，今子賢孫延世澤；
勝地築佳城，開來繼往，光宗耀祖振家聲。

輓　林耀星兄

八十二年十一月二十七日

洪濤豪放，小李溫柔。黃昏應有約，共話華南聽夜雨；
七條浪蕩，秀閣輕狂。青山已不再，獨臨城北弔斜暉。

（註）七條者，七號巷弄（胡同）義。

劉偉鄉兄父喪

半生失省，忠孝難全千古恨；
萬里奔喪，天地應憐兩代人。

八十三年三月

王廷光老弟母喪

大哉賢母，枌鄉懿範；
偉矣哲嗣，園府英才。

八十三年三月二十四日

輓財政部同事劉寶鳳女士

反核聚人潮，一線生機終被奪；
蒿心罹大劫，三分死數竟成真。

八十三年七月

盡瘁公堂，猶乎裹尸疆場；
積勞案牘，庶幾女宗新範。

(註) 女士發病于公廨，時適反核人士遊行，阻斷交通，延誤送醫。

滄海叢刊書目（二）

國學類

先秦諸子繫年	錢　穆　著
朱子學提綱	錢　穆　著
莊子纂箋	錢　穆　著
論語新解	錢　穆　著
周官之成書及其反映的文化與時代新考	金春峯　著
尚書學述（上）、（下）	李振興　著
周易縱橫談	黃慶萱　著
考證與反思——從《周官》到魯迅	陳勝長　著

哲學類

哲學十大問題	鄔昆如　著
哲學淺論	張　康　譯
哲學智慧的尋求	何秀煌　著
哲學的智慧與歷史的聰明	何秀煌　著
文化、哲學與方法	何秀煌　著
人性·記號與文明——語言·邏輯與記號世界	何秀煌　著
邏輯與設基法	劉福增　著
知識·邏輯·科學哲學	林正弘　著
現代藝術哲學	孫　旗　譯
現代美學及其他	趙天儀　著
中國現代化的哲學省思——「傳統」與「現代」理性的結合	成中英　著
不以規矩不能成方圓	劉君燦　著
恕道與大同	張起鈞　著
現代存在思想家	項退結　著
中國思想通俗講話	錢　穆　著
中國哲學史話	吳怡、張起鈞　著
中國百位哲學家	黎建球　著
中國人的路	項退結　著

中國哲學之路	項 退 結 著
中國人性論	臺大哲學系主編
中國管理哲學	曾 仕 強 著
孔子學說探微	林 義 正 著
心學的現代詮釋	姜 允 明 著
中庸誠的哲學	吳 怡 著
中庸形上思想	高 柏 園 著
儒學的常與變	蔡 仁 厚 著
智慧的老子	張 起 鈞 著
老子的哲學	王 邦 雄 著
當代西方哲學與方法論	臺大哲學系主編
人性尊嚴的存在背景	項 退 結編訂
理解的命運	殷 鼎 著
馬克斯・謝勒三論	阿弗德・休慈原著、江日新 譯
懷海德哲學	楊 士 毅 著
海德格與胡塞爾現象學	張 燦 輝 著
洛克悟性哲學	蔡 信 安 著
伽利略・波柏・科學說明	林 正 弘 著
儒家與現代中國	韋 政 通 著
思想的貧困	韋 政 通 著
近代思想史散論	龔 鵬 程 著
魏晉清談	唐 翼 明 著
中國哲學的生命和方法	吳 怡 著
孟學的現代意義	王 支 洪 著
孟學思想史論（卷一）	黃 俊 傑 著
莊老通辨	錢 穆 著
墨家哲學	蔡 仁 厚 著
柏拉圖三論	程 石 泉 著
倫理學釋論	陳 特 著
儒道論述	吳 光 著
新一元論	呂 佛 庭 著

宗教類

佛教思想發展史論	楊 惠 南 著
佛教思想的傳承與發展——印順導師九秩華誕祝壽文集	釋 恒 清主編

佛經成立史 水野弘元著、劉欣如譯
圓滿生命的實現（布施波羅密） 陳柏達 著
薝蔔林・外集 陳慧劍 著
維摩詰經今譯 陳慧劍譯註
龍樹與中觀哲學 楊惠南 著
公案禪語 吳怡 著
禪學講話 芝峰法師 譯
禪骨詩心集 巴壺天 著
中國禪宗史 關世謙 譯
魏晉南北朝時期的道教 湯一介 著
佛學論著 周中一 著
當代佛教思想展望 楊惠南 著
臺灣佛教文化的新動向 江燦騰 著
釋迦牟尼與原始佛教 于凌波 著
唯識學綱要 于凌波 著
從印度佛教到中國佛教 冉雲華 著
中印佛學泛論
——傅偉勳教授六十大壽祝壽論文集 藍吉富主編
禪史與禪思 楊惠南 著

社會科學類

中華文化十二講 錢穆 著
民族與文化 錢穆 著
楚文化研究 文崇一 著
中國古文化 文崇一 著
社會、文化和知識分子 葉啟政 著
儒學傳統與文化創新 黃俊傑 著
歷史轉捩點上的反思 韋政通 著
中國人的價值觀 文崇一 著
奉天承運
——古代中國的「國家」概念及其正當性基礎 王健文 著
紅樓夢與中國舊家庭 薩孟武 著
社會學與中國研究 蔡文輝 著
比較社會學 蔡文輝 著
我國社會的變遷與發展 朱岑樓主編
三十年來我國人文及社會科學之回顧與展望 賴澤涵主編

社會學的滋味　蕭新煌 著
臺灣的國家與社會　徐正光、蕭新煌主編
臺灣的社區權力結構　文崇一 著
臺灣居民的休閒生活　文崇一 著
臺灣的工業化與社會變遷　文崇一 著
臺灣社會的變遷與秩序（政治篇）、（社會文化篇）　文崇一 著
鄉村發展的理論與實際　蔡宏進 著
臺灣的社會發展　席汝楫 著
透視大陸　政治大學新聞研究所主編
寬容之路
——政黨政治論集　謝延庚 著
憲法論衡　荊知仁 著
周禮的政治思想　周世輔、周文湘 著
儒家政論衍義　薩孟武 著
制度化的社會邏輯　葉啟政 著
臺灣社會的人文迷思　葉啟政 著
臺灣與美國的社會問題　蔡文輝、蕭新煌主編
自由憲政與民主轉型　周陽山 著
蘇東巨變與兩岸互動　周陽山 著
教育叢談　上官業佑 著
不疑不懼　王洪鈞 著
戰後臺灣的教育與思想　黃俊傑 著
太極拳的科學觀　馬承九編著
兩極化與分寸感
——近代中國精英思潮的病態心理分析　劉笑敢 著
唐人書法與文化　王元軍 著
C 理論——易經管理哲學　成中英 著

史地類

國史新論　錢穆 著
秦漢史　錢穆 著
秦漢史論稿　邢義田 著
宋史論集　陳學霖 著
宋代科舉　賈志揚 著
中國人的故事　夏雨人 著
明朝酒文化　王春瑜 著

劉伯溫與哪吒城
——北京建城的傳說　陳學霖 著
歷史圈外　朱桂 著
歷史的兩個境界　杜維運 著
近代中國變局下的上海　陳三井 著
當代佛門人物　陳慧劍編著
弘一大師傳　陳慧劍 著
杜魚庵學佛荒史　陳慧劍 著
蘇曼殊大師新傳　劉心皇 著
近代中國人物漫譚　王覺源 著
近代中國人物漫譚續集　王覺源 著
魯迅這個人　劉心皇 著
沈從文傳　凌宇 著
三十年代作家論　姜穆 著
三十年代作家論續集　姜穆 著
當代臺灣作家論　何欣 著
史學圈裏四十年　李雲漢 著
師友風義　鄭彥棻 著
見賢集　鄭彥棻 著
思齊集　鄭彥棻 著
懷聖集　鄭彥棻 著
憶夢錄　呂佛庭 著
古傑英風
——歷史傳記文學集　萬登學 著
走向世界的挫折
——郭嵩燾與道咸同光時代　汪榮祖 著
周世輔回憶錄　周世輔 著
三生有幸　吳相湘 著
孤兒心影錄　張國柱 著
我這半生　毛振翔 著
我是依然苦鬭人　毛振翔 著
八十憶雙親、師友雜憶（合刊）　錢穆 著
烏啼鳳鳴有餘聲　陶百川 著

語文類

標點符號研究　楊遠編著

訓詁通論　吳孟復 著
翻譯偶語　黃文範 著
翻譯新語　黃文範 著
翻譯散論　張振玉 著
中文排列方式析論　司琦 著
杜詩品評　楊慧傑 著
詩中的李白　楊慧傑 著
寒山子研究　陳慧劍 著
司空圖新論　王潤華 著
詩情與幽境
——唐代文人的園林生活　侯迺慧 著
歐陽修詩本義研究　裴普賢 著
品詩吟詩　邱燮友 著
談詩錄　方祖燊 著
情趣詩話　楊光治 著
歌鼓湘靈
——楚詩詞藝術欣賞　李元洛 著
中國文學鑑賞舉隅　黃慶萱、許家鸞 著
中國文學縱橫論　黃維樑 著
漢賦史論　簡宗梧 著
古典今論　唐翼明 著
亭林詩考索　潘重規 著
浮士德研究　李辰冬 著
十八世紀英國文學
——諷刺詩與小說　宋美瑾 著
蘇忍尼辛選集　劉安雲 譯
文學欣賞的靈魂　劉述先 著
小說創作論　羅盤 著
小說結構　方祖燊 著
借鏡與類比　何冠驥 著
情愛與文學　周伯乃 著
鏡花水月　陳國球 著
文學因緣　鄭樹森 著
解構批評論集　廖炳惠 著
細讀現代小說　張素貞 著
續讀現代小說　張素貞 著

現代詩學　蕭　蕭　著
詩美學　李元洛　著
詩人之燈
——詩的欣賞與評論　羅　青　著
詩學析論　張春榮　著
修辭散步　張春榮　著
修辭行旅　張春榮　著
橫看成嶺側成峯　文曉村　著
大陸文藝新探　周玉山　著
大陸文藝論衡　周玉山　著
大陸當代文學掃描　葉穉英　著
走出傷痕
——大陸新時期小說探論　張子樟　著
大陸新時期小說論　張　放　著
大陸新時期文學（1976－1989）
——理論與批評　唐翼明　著
兒童文學　葉詠琍　著
兒童成長與文學　葉詠琍　著
累廬聲氣集　姜超嶽　著
林下生涯　姜超嶽　著
青　春　葉蟬貞　著
牧場的情思　張媛媛　著
萍踪憶語　賴景瑚　著
現實的探索　陳銘磻　編
一縷新綠　柴　扉　著
金排附　鍾延豪　著
放　鷹　吳錦發　著
黃巢殺人八百萬　宋澤萊　著
泥土的香味　彭瑞金　著
燈下燈　蕭　蕭　著
陽關千唱　陳　煌　著
種　籽　向　陽　著
無緣廟　陳艷秋　著
鄉　事　林清玄　著
余忠雄的春天　鍾鐵民　著
吳煦斌小說集　吳煦斌　著

卡薩爾斯之琴	葉石濤 著
青囊夜燈	許振江 著
我永遠年輕	唐文標 著
思想起	陌上塵 著
心酸記	李喬 著
孤獨園	林蒼鬱 著
離 訣	林蒼鬱 著
托塔少年	林文欽 編
北美情逅	卜貴美 著
日本歷史之旅	李希聖 著
孤寂中的廻響	洛夫 著
火天使	趙衛民 著
無塵的鏡子	張默 著
關心茶 ——中國哲學的心	吳怡 著
放眼天下	陳新雄 著
生活健康	卜鍾元 著
文化的春天	王保雲 著
思光詩選	勞思光 著
靜思手札	黑野 著
狡兔歲月	黃和英 著
老樹春深更著花	畢璞 著
列寧格勒十日記	潘重規 著
文學與歷史 ——胡秋原選集第一卷	胡秋原 著
晚學齋文集	黃錦鋐 著
天山明月集	童山 著
古代文學精華	郭丹 著
山水的約定	葉維廉 著
明天的太陽	許文廷 著
在天願作比翼鳥 ——歷代文人愛情詩詞曲三百首	李元洛輯注
千葉紅芙蓉 ——歷代民間愛情詩詞曲三百首	李元洛輯注
鳴酬叢編	李飛鵬編纂

秩序的探索 ——當代文學論述的省察	周慶華　著
樹人存稿	馬哲儒　著

美術類

音樂與我	趙　琴　著
音樂隨筆	趙　琴　著
爐邊閒話	李抱忱　著
琴臺碎語	黃友棣　著
樂林蓽露	黃友棣　著
樂谷鳴泉	黃友棣　著
樂韻飄香	黃友棣　著
樂海無涯	黃友棣　著
弘一大師歌曲集	錢仁康編著
立體造型基本設計	張長傑　著
工藝材料	李鈞棫　著
裝飾工藝	張長傑　著
人體工學與安全	劉其偉　著
現代工藝概論	張長傑　著
藤竹工	張長傑　著
石膏工藝	李鈞棫　著
色彩基礎	何耀宗　著
當代藝術采風	王保雲　著
都市計劃概論	王紀鯤　著
建築設計方法	陳政雄　著
古典與象徵的界限 ——象徵主義畫家莫侯及其詩人寓意畫	李明明　著
民俗畫集	吳廷標　著